# 民國文化與文學<sup>研究文叢</sup>

十四編

李 怡 主編

第23冊

文學與歷史之間的王氏家族(下)

王 瑞 華 著

國家圖書館出版品預行編目資料

文學與歷史之間的王氏家族（下）／王瑞華 著 -- 初版 -- 新
北市：花木蘭文化事業有限公司，2021〔民110〕
目 4+162 面；19×26 公分
（民國文化與文學研究文叢 十四編；第 23 冊）
ISBN 978-986-518-534-3（精裝）
1. 地方文學 2. 家族 3. 中國文學
820.9                                     110011221

**特邀編委**（以姓氏筆畫為序）：

丁 帆　　　王德威　　　宋如珊
岩佐昌暲　　奚 密　　　張中良
張堂錡　　　張福貴　　　須文蔚
馮 鐵　　　劉秀美

民國文化與文學研究文叢
十四編　第二三冊　　　　　　　ISBN：978-986-518-534-3

## 文學與歷史之間的王氏家族（下）

作　　者　王瑞華
主　　編　李 怡
企　　劃　四川大學中國詩歌研究院
總 編 輯　杜潔祥
副總編輯　楊嘉樂
編　　輯　許郁翎、張雅淋、潘玟靜　美術編輯　陳逸婷
出　　版　花木蘭文化事業有限公司
發 行 人　高小娟
聯絡地址　235 新北市中和區中安街七二號十三樓
　　　　　電話：02-2923-1455／傳真：02-2923-1452
網　　址　http://www.huamulan.tw 信箱 service@huamulans.com
印　　刷　普羅文化出版廣告事業
初　　版　2021 年 9 月
全書字數　314236 字
定　　價　十四編 26 冊（精裝）台幣 70,000 元　　版權所有・請勿翻印

# 文學與歷史之間的王氏家族（下）

王瑞華　著

# 第四章　在文學與歷史之間（下）


## 第一節　王辯：投身政治的「黨的女兒」──《旋風》 「方其蕙」《黨費》黃新原型

### 一、歷史上的王辯

　　王辯是山東共產之父王翔千的長女，也是山東第一位女共產黨員（曾改名黃秀珍），1925 年留學莫斯科中山大學與鄧小平、蔣經國同班同學，即是在中共黨史上留名的歷史人物，也是與王家作家交往最多的人物，王家的這六位作家，有五位在作品中寫到她或以她為原型的創作。既是臺灣姜貴《旋風》方其蕙的原型，又是王願堅紅色小說《媽媽》《黨費》中的「黨的女兒」黃新等的原型，是在王氏家族作家中得到較多敘寫的人物。王辯本人曾擔任過《大眾日報》早期編輯記者，也頗有文采，晚年留下許多珍貴的回憶資料，她與弟弟王希堅、堂弟王願堅、妹夫王力等現實生活中常有詩文唱和。1972 年她得到平反回北京，其弟王希堅寫了一首小詩向她祝賀：「五載經考驗，千里返京華。行年逾花甲，白璧喜無瑕。」王辯很快回信並附上自己的一首詩：「接受再教育，何必計年華？改造世界觀，主動找疵瑕。」「早年為黨獻青春，女界山東第一人。萬里蘇京攻馬列，三秋東北戰清貧。家鄉抗戰憑指引，弟妹從戎鼓信心。八十高齡猶奮進，撫今憶昔著宏文。」這是王辯八十壽辰，王希堅為她寫的一首賀詩。這首詩基本概括了王辯的一生成就，並表達了弟妹們對她的敬仰之情。

王辯（第二排坐者右起第三人）李培之（第二排坐者右起第四人）傅學文（后排站立者左起第十五人）李錦春（前排坐者右起第一人）

## 莫斯科中山大学同学合影

王辯妹夫王力更寫下了數篇對她的評價與悼念詩作，如：

**王辯大姐入黨六十週年**

（1984 年 6 月）

打起紅旗六十年，

征帆不怕浪濤顛。

經風翠柏心猶壯，

傲雪紅梅骨更堅。

黨國安危連血肉，

身家得失過雲煙。

喜看龍虎新騰躍，

老馬識途寫史篇。

注：王辯，又名黃秀珍，是我老伴的大姐。1920 年加入共產主義小組，1923 年入團並在團中央工作，1924 年入黨。在莫斯科學習時是鄧小平的同班同組同學，同蔣經國也是同學。〔註1〕

**鷓鴣天**

王辯大姐永別（一）

（1987 年 4 月 15 日）

---

〔註 1〕王力著《王力反思錄》（上），香港北星出版社，2001 年 10 月版，第 98 頁。

不重虛名重是非，

一生苦鬥浩然歸。

梧桐落葉結豐實，

不絕鳳凰繞樹飛。

知勁草，

見天曦，

百花含苞戀依依。

梅魂驅散風和雨，

裁剪雲霞作錦衣。

　　注：（一）王辯大姐逝世後，鄧小平送了一個很大的花圈，楊尚昆、傅鍾等送了花圈，伍修權等出席了遺體告別儀式。（136 頁）

　　（注：這些「注」均是王力原作中所注）

　　王統照在《民國十年日記》中曾提到侄女慧琴觀點偏激，應該指的也是王辯，因為王辯的字就是慧琴。

　　姜貴《旋風》是長篇小說，以她為原型的方其蕙得到了較為詳細的敘寫，姜貴小說裏也提到她的那場與「托派分子」的感情，鄭超麟在回憶錄裏也有述及：

　　　　不論如何，尹寬來上海後我還是時常去看他，不僅在區委機關見面，而是到他住家的地方去。我至今還清晰記得，他從山東來上海後我第一次到他住家的地方去時，發現他的房間內有個大姑娘，矮矮的，胖胖的，大約不到二十歲，生的並不漂亮。尹寬介紹了她的姓名，「王辯同志」，但未介紹二人的關係。姑娘不說一句話，只低著頭笑。不必等待別人傳說，我已經猜準二人之間不僅是同志的關係了。

　　　　以後不久，從中央傳出了一件大事：山東同志幾乎全體鬧起來，要求中央開除尹寬黨籍，說他「拐帶」王翔千同志之女王辯逃到上海來。王翔千本人要帶刀來上海同尹寬拼老命。山東同志都支持王翔千。

　　　　這個問題提到中央面前。五四新文化運動的主將陳獨秀不會對這種落後意識讓步。——因為我們都認為這是鄒魯禮義之邦的封建意識。——但這件事已經在山東黨內激起公憤，也不能置之不理。

王翔千和山東同志看見中央沒有答應他們的要求，便自動讓步。王翔千要求尹寬和王辯正式舉行婚禮。而陳獨秀和惲代英兩人出來做證婚人。這個讓步的要求，中央也沒有答應。問題掛在那裡。最後，尹寬吐血了，他本來有肺病。結果，中央這樣處理：尹寬離職養病。由王一飛代理他的工作，王辯則去莫斯科讀書。沒有開除尹寬黨籍，沒有罷免尹寬上海區委書記之職，沒有拆散尹寬和王辯的關係，但王翔千和山東同志也只好收兵了。

我過去只知道山東有二個老同志，王燼美和鄧恩銘，他們參加了第一次黨大會；此時，我才知道山東還有第三個老同志，王翔千。王翔千比王鄧二人大得多，不是學生或初出校門的人，而是一個老先生，在濟南一家甚麼報紙當編輯，據說是清朝的秀才，從中國古代學問逐步走向革命的。最近我翻閱有關山東的早期黨史材料，看見賈乃甫回憶說：「王翔千，山東諸城人，是諸城有名的才子，詩詞歌賦都好。」又說：在山東早期活動中，「王燼美、鄧恩銘、王翔千占主要地位。」馬馥塘回憶說：王翔千是中學的國文教師，成立社會主義青年團時也參加。那時已有三十多歲（按如此他不會是清朝秀才），自稱為「特別團員」。

如此，我們就可以明白王翔千為甚麼給女兒取名為「辯」了。在先秦，「辯」就是辯論術，就是邏輯學，我們有「墨辯」。父親希望女兒長大後不僅有學問，還要有條理，做出結論要有根據。父親特別愛女兒，把她當作掌上明珠，把她介紹到社會主義青年團來，受革命教育，參加革命工作，對她寄託了很大的希望。可是尹寬騙走了她！王翔千氣憤到了發狂的程度，這有甚麼不可以理解的呢？但王翔千和山東同志的氣憤，不能夠說與鄒魯禮義之邦的舊意識毫無關係。在這件事情上，他們只顧氣憤，卻不考慮王辯本人的意志，好像王辯只是一個未見世面的深閨小姐，聽到一個壞人的甜言密語就跟著壞人走了的。

事實恰好相反。王辯發揮了自己的意志，對尹寬個人對革命對政治作了充分的考慮，然後決定的。她以後的行動可以證明。

據尹寬說，他在山東每次在會議上講話時，王辯如癡如醉地聽

著，表現十分佩服的神氣。當時，她一定把尹寬看作馬克思主義的化身，山東工作又開展得很好，以為完全是尹寬的功績，由此生出了個人崇拜。這一切尹寬都知道，當他奉了中央調來上海的命令，臨走前夕，才寫了一個紙條給王辯，要姑娘隨他到上海去，姑娘就收拾了簡單的衣服，跟他來了。後來發生的風浪，她預先應當能夠想到的。尹寬吐血以後，她盡力服待。尹寬想到會由此一病不起的。有一天，他問王辯：「我死了，你怎麼辦？某某兩同志還沒有愛人，你選擇一個好麼？」王辯搖搖頭，似乎說：「你死了，我終身不再愛人。」中央派她去莫斯科讀書，我不知道她如何反應。是不是為了服從命令，解決由她引起的糾紛，才勉強同意去的？

　　我和尹寬在莫斯科的時候，東方大學沒有一個中國女學生。我們回來以後，那一年秋天就有好幾個女同志去莫斯科讀書了。她們都有愛人在國內，她們都在莫斯科另找愛人。那時正在馮玉祥舉行軍事政變以後，我們都把女同志在莫斯科的作為叫做「倒戈」。尹寬為此寢食不安，他同王辯是經常有書信往來的，我當然不知道通信的內容。可是，一九二六年，一九二七年有人去莫斯科開會回來後，都說尹寬不對：「你擔心王辯愛了別人，可是王辯在莫斯科是愛情專一的，心心念念不忘尹寬，好多男同志追求她。她都不理會。」事實上也是這樣。似乎當時，在莫斯科，王辯是未曾「倒戈」的唯一女同志。

　　一九二七年秋末，王辯才從莫斯科回國，中央派她和另一個女同志去廣州工作。尹寬已經離開廣州來上海了，王辯到廣州恰逢「廣暴」，暴動的軍隊在馬路上站崗，她和另一個女同志從小旅館出來拿介紹信及其他證件給站崗的兵看，說要找「黨」，當時戰鬥正緊張，那些兵沒有理她們。暴動失敗後，她們才回到上海。此時，尹寬已經離開上海去蕪湖作安徽省委書記了。尹寬在上海等待派遣工作時，住在九江路口新旅社，我常去看他。他不知道聽誰說，王辯已經來到上海，但找不到黨的線索，他於是在甚麼報紙上登載一個尋人廣告，男女雙方都用兩人知道的化名。幾日之後，他收到一封匿名信，說你登報尋的女人已給某某商店的小開騙去做小老婆了。他

拿這封信給我看，我們兩人哈哈大笑。

中央終於派王辯同另一個女同志去安徽工作，受尹寬指揮。那時工作很忙，兩人雖同居一處。沒有工夫回敘舊情。只有一天，稍有閒瑕，尹寬才打了一點酒，備了一點菜，同王辯兩人享受一下生活。

不久之後，安徽黨的機關被國民黨破獲，王辯和另一個女同志被捕，尹寬似乎還支持一個時期，以後也逃到上海來了。王辯和另一個女同志判了短期的徒刑，關在安慶或其他地方。

一九二九年秋，王辯出獄，來到上海，找到中央。那時尹寬和我們一起正在進行托洛茨基反對派的活動，中央不放王辯去找尹寬，告訴了她理由，王辯堅持要同尹寬見面，於是放她來了。我不能肯定二人重新見面的時間，但我想總是在我們這些反對派被正式開除以前；如果在開除以後，中央決不會放王辯來的，那時尹寬住在虹口公園前面一個弄堂房子，我聽說王辯來了，便同我的愛人去看他們。那時我也有愛人了，我的愛人也要看看有名的王辯。我們去時，尹寬和王辯正在爭吵。四年不見，王辯完全變了，更大，更老，特別失去少女羞澀的神氣。以前是不講話的，現在看見我去，就拉著我同我辯論政治問題，特別是反對托洛茨基和左派反對派。她還要鼓動我的愛人去擁護中央，反對我們。次日或二三日後，王辯便拋棄尹寬回中央去了。據尹寬說，那天有甚麼人來通知，說反對派某同志被捕，大家恐慌起來。王辯說：「我當作托派被捕，太不值得」，於是走了。尹寬估計中央機關設在某個菜場附近，於是天天去那個菜場周圍徘徊，希望能遇著王辯。我們都嘲笑尹寬。直至解放後，尹寬關在監獄內，也沒有忘記王辯。他碰到犯人中有山東籍老幹部的，總要打聽王辯的下落。一九五六年我在上海市監獄內遇著他，閒談中也提起王辯。他告訴我，王辯還活著；王翔千也未死，但已脫黨，在家中替人殺豬。

以上所寫，我是以自己的見聞和尹寬的談話為根據的。五十多年前的記憶難免有失真之處。〔註2〕

〔註 2〕見鄭超麟《鄭超麟回憶錄》，東方出版社，1996年版，411～415頁。

　　鄭超麟的回憶顯然比姜貴小說裏的描寫更為詳實，王辯的外貌與個性、經歷也基本與小說差不多，那個「托派分子」尹寬曾是黨史上的重要人物，這些年也得到重視與公正的評價了。而尹寬與鄭超麟、王辯的故事還有後話，著名傳記作家葉永烈曾敘及：

　　　　在鄭超麟晚年，他的一部書稿，曾送鄧小平看過。此事鮮為人知：

　　　　那是我在北京看望王力時，他說起鄧小平有一次在北京外出，正好路過王辯家，囑停車，派人前去敲門。因事先無通知，適值王辯外出，未能見面。王辯乃王力夫人王平權之大姐，過去曾與鄧小平共事。

　　　　我即對王力說，我看過鄭超麟一部未出版的手稿，叫《記尹寬》。在上個世紀 20 年代，尹寬曾任中共安徽省委書記。後來與鄭超麟一起奔赴陳獨秀麾下而成為托派大將，又與鄭超麟一起因托派問題關押於上海市監獄。《記尹寬》一書，曾用相當篇幅寫及尹寬前妻王辯。

　　　　王力一聽，託我回滬後向鄭超麟借《記尹寬》手稿。

　　　　後來，我把鄭超麟的《記尹寬》手稿複印，把複印稿交給王力，而王力則通過「內部途徑」，送呈鄧小平。這樣，鄧小平得知鄭超麟仍健在……

　　　　鄭超麟坐冷板凳坐了那麼多年，到了晚年，忽然「紅」了起來，來訪者應接不暇……〔註3〕

這段史料至少證明，王力為托派知識分子的平反是起過很大的作用的。在諸城黨史人物轉中也有對王辯的專章敘寫，部分如下：

　　　　王辯，女，（1906～1987）又名黃秀珍，字慧琴，1906 年出生於諸城市相州鎮相州七村，係王翔千的大女兒。1913 年，王辯入相州國民學校讀書。1917 年春，她隨父親王翔千到濟南，同年秋，插入濟南西巷張印千老先生創辦的競進女學讀書，1919 年冬畢業。1920 年夏，考入山東省立濟南女子師範學校，1925 年畢業。受其父

〔註 3〕見葉永烈《出沒風波裏》，北京出版社出版集團；北京十月文藝出版社，2007 年 11 月版，84 頁。

親和王盡美等人影響，她思想進步，追求真理。1921 年春，她參加了王盡美、鄧恩銘、王翔千等在濟南發起成立的馬克思學說研究會。同時，她在學校裏秘密成立讀書會，組織同學有計劃地學習革命理論。

1923 年 11 月，王辯加入中國社會主義青年團，負責宣傳工作；1924 年秋轉為中共黨員，是山東省第一位女團員、女共產黨員。爾後，根據中共「三大」決議精神，王辯在濟南加入國民黨，成為跨黨黨員，並參加了國民黨濟南市黨部的領導工作，還擔任國民黨山東省黨部候補執行委員，為促進山東的國共合作做出了積極的貢獻。

王辯是山東青年團組織和婦女團體的早期領導人之一。她先後擔任過中國社會主義青年團濟南地委臨時執行委員會宣傳委員兼學生委員、「消寒社」和「山東濟南婦女協進會」負責人、「山東女界國民會議促進會」執行委員、青年團濟南地委書記等職。期間，她積極參加並領導組織大規模的群眾集會、示威遊行，貼標語、喊口號、上街頭演講，不分晝夜全身心地投入激昂慷慨的群眾運動。1925 年，王辯在濟南女師畢業後，到濟南競進女校任教員。她經常深入魯豐紗廠開展工運和婦運工作。「五卅」慘案後，她積極發動團員、青年開展募捐、集會、遊行等後援活動。不久，王辯被調往上海團市委做婦女工作。

1925 年 11 月，王辯受黨的派遣，赴莫斯科中山大學學習，與鄧小平同班。在蘇聯期間，她和著名共產黨人張聞天、鄧小平、左權、朱瑞等一起刻苦學習馬列主義，親身體驗世界上第一個社會主義國家的嶄新生活，親耳聆聽斯大林、蔡特金等著名革命領袖和馬列主義學者的講話，使她更加堅定了不避艱險奮鬥終生實現共產主義的信念。

……

全國解放後，王辯先在山東圖書館工作，後到北京圖書館任蘇聯圖書室主任，為我國的圖書館事業做出了積極貢獻。

「文化大革命中」，年過花甲的王辯，也難免厄運。在「牛棚」

中，她以對黨的無限忠誠，頂住了殘酷的輪番批鬥。「文化大革命」
後期，她被遣送到湖北咸寧，在文化部「五・七」幹校勞動。在幹
校中，她不顧年老體弱，依舊盡心盡職地工作，博得戰士們的尊敬，
直到 1972 年幹校解散，她才得到徹底平反回到北京。1978 年離休
以後，她仍孜孜不倦地學習黨的方針、政策，並熱情關心黨史工作，
抱病撰寫了 20 餘萬字的革命回憶錄，同時為中共黨史、婦運史、青
運史的研究提供了大量寶貴的資料，解決了建黨初期許多有爭論的
歷史問題。直到去世前兩天，她還親自寫信回答有關單位提出的問
題。1987 年 4 月 11 日，王辯在北京病逝，享年 81 歲。〔註4〕

大姑黄秀珍，四姑王绩，五姑王成，七姑王平程，叔王金堃，姊周筱珍，国扬，肖业

**王辯（即黃秀珍，前排左邊坐者）與弟弟、弟媳、妹妹們合影**
**（照片由其侄子王肖辛提供）**

　　儘管資歷很老，投身革命很早，但與她同樣資歷的人相比，她的知名度
要差很多，實際官位也不高，退休之前是北京圖書館的普通管理人員，去世
時，她的老同學鄧小平送了花圈，竟然唬的圖書館不輕，在那樣的年代，她
能夠平安到老，健康長壽也算是幸運了。

〔註4〕見中共諸城市委黨史研究室著，《中共諸城黨史人物傳》第一卷，齊魯出版社，
　　2002.11，27～42 頁。

## 黃秀珍遺体告別儀式在京举行

新华社北京 4 月 28 日电　中国共产党的优秀党员、北京图书馆离休干部黃秀珍遗体告别仪式今天在北京八宝山革命公墓礼堂举行。

邓小平、杨尚昆、朱学范、谷牧、屈武、傅钟等同志，以及中共中央组织部、文化部、邮电部等部门送了花圈。

黃秀珍是山东诸城县人。早在学生时代，她就开始接受新思想，决心投身革命，1924 年加入中国共产党。翌年，她赴莫斯科中山大学，与邓小平等同志在一个班学习。1927 年冬天，她回国后从事党的地下斗争，积极开展妇女工作，在极其艰险的条件下，出色地完成了任务。建国以来，她先后在山东省图书馆和北京图书馆勤勤恳恳地工作，为我国图书馆事业的发展作出了贡献。1978 年，她离休后，还抱病撰写了 20 多万字的革命回忆录。

黃秀珍 4 月 11 日在北京病逝，终年 81 岁。首都文化界代表和黃秀珍的生前友好共 400 余人参加了今天的告别仪式。

人民日报 1987. 4. 29.

1987 年 4 月 29 日《人民日報》關於王辯（黃秀珍）去世的報導

1987 年王辯去世，鄧小平、楊尚昆等送花圈，王力夫婦（左一、左二）與
王願堅夫婦（右二、右三）參加葬禮

## 二、文學裏的王辯

在她兄弟作家們筆下的王辯是一個比較崇高的革命者形象，在中共黨史上也留下很光鮮的一筆。

《旋風》中作為「方其蕙」的原型人物，從最早參加父親「方祥千」組織的尹盡美等參加的中共建黨活動開始，她就參與其中，並與堂弟王懋堅到1925年到莫斯科留學、回國被捕、回家鄉鬧革命等種種人生經歷都在其中，革命志士之外，卻也能看到她更為人性化、生活化的一面：

第一次大明湖聚會：

「六爺，你家大姑娘怎麼沒來？」

「她正害眼呢，」方祥千回答說，「已經一個多星期沒有上學了。」

「她不來不要緊，」王大泉接過去說「把我們七星聚義，變成六星遊湖了。」

方其蕙和這位新的乾妹妹（原型江青），正是兩種典型，各有千秋。方其蕙是又矮又胖，像個冬瓜。李大姑娘卻是瘦削面孔，細小腰身，苗苗條條，玲瓏活潑，猶如小鳥依人。

他的大女兒方其蕙在俄國住了幾年，奉派到江西的「紅區」工作，經過九江，被捕了。幸而還沒有被拿到什麼證據，祇因「行跡可疑」，可能與紅區有關，就被放進監獄。無法判罪，也不便釋放。

……

「一找他們，就得辦自首。我對於辦自首，真是深惡痛絕。我最看不起像張嘉那樣的人。反反覆覆，看風轉舵，真是小人之尤。我不希望我自己的女兒做這樣一個小人，讓她在監獄裏住著罷。」

「萬一她自己自首了呢？」

「我希望她不至如此。果真她那樣沒有骨氣，我就不認她是我的女兒了。」……

「既是你這麼說，我們就談家族關係的話罷。你知道其蕙的消息嗎？」方祥千看著侄子，就想起女兒來了。

「我知道。她在九江坐過獄。出來之後，回到上海，和一個姓薛的同居了。這個姓薛的是一個有名的托派，因此其蕙姐姐也被目為是一個托派了。」

　　這又是使方祥千掃興的一個消息。真是不如意事常八九，怎麼自己的晚輩中就沒有一個成材的！自首的，托派的，就沒有一個正統的共產黨！他打個呵欠，他也疲倦了。

　　方祥千的大女兒其蕙也在這時候回家來了。她已經和她的托派丈夫離了婚。方祥千滿意了這一點，卻不讓她在家裏多住。他說：

　　「你回來的正好。我正打算教其蔓和天苡到陝北去，祇愁著他們兩個沒有出過門。好，你帶他們去罷！抗日軍政大學已經開學了，你們去參加，畢業以後趕快回來。這邊的工作經過我這幾年的布置，已經大有可為了。」

　　「我已經在俄國受訓，用不著再去陝北了。爸爸，你教他們兩個去罷。這許多年，我也累了，我打算在家裏休息休息呢！」方其蕙拒絕了爸爸的分派。

　　「不，其蕙，」方祥千說，「雖然你已經去過俄國，但陝北受訓還是必要的。因為我們的工作，是和陝北聯繫的。你去罷，現在還不是休息的時候。」

　　於是其蕙帶著其蔓天苡上陝北去了。……

　　方其蕙從延安回來以後，她的態度對於方祥千也有多少的影響。她常常說：

　　「我真夠了，我需要休息！」

　　「上回我在 T 城，」方祥千黯然說，「天茂也在這麼說。難道你也有意自首嗎？」

　　「不，我不自首！一個人的政治節操，是非常要緊的。從來沒有變了節的人，受到人家重視的。我從小加入共產黨，我就一世一生作共產黨了。像舊時代的女子一樣，雖然嫁了一個不成器的負心漢，也祇好從一而終了。」

　　方祥千覺得女兒的想法，要比自首的天茂高明得多。就說：

　　「灰心也不必。我們既然發現這許多缺點，就應當起來彌補這些缺點。天苡說得對，不斷改正錯誤，就是我們的責任。我們不能放棄責任，我們還得積極奮鬥。其蕙，我想你去代替龐錦蓮做革命婦女委員會的委員長好不好？」

　　「不，龐錦蓮作過的事，我不願意接她！」

　　「這是你不對了！你接過來，可以把這一部分事情做好呀！為了革命，你顧那小節幹什麼？」

　　於是方祥千去拜訪省委代表，提到方其蕙從延安回來，應當給她作點什麼事情。

　　……

　　這一事件的發展，對於方祥千又是不利的。方其蕙發表了副委員長，力辭不就。省委代表教龐錦蓮親自去促駕，方其蕙又拒而不見。父女兩個在黨內就受到嚴酷的批評，被認為不脫地主階級的舊根性，根本要不得。〔註5〕

王辯的紅高山印章（王斌收藏）

## 三、在文學與歷史之間

　　筆者在前面的文章中已經查證《旋風》前半部分紀實，後半部分屬文學虛構，也因此小說裏面的人物（包括主要人物方祥千、方培蘭）也基本是一半紀實一半虛構，以王辯為原型的「方其蕙」也無例外地是一半紀實一半虛構。

　　借著《旋風》後半部分「相州」這個虛搭的舞臺，姜貴像招魂似地把那些早已衝出相州老家幾乎再也沒回去過的王家人又招呼回去，在「虛幻」的

---

〔註5〕見姜貴《旋風》，臺灣九歌出版社，2009年增版，18～359頁。

舞臺上扮演一回「魔幻」演出，包括王辯、王平，甚至姜貴自己借著「方天艾」這個魔形，在魔幻的舞臺上上演了一齣數典忘祖的醜劇。這裡根據每個人物原型分別加以分析。

王辯在《旋風》前半部分，是一個樸實憨厚的女共產黨員，矮矮胖胖的體形、平凡的相貌、早年跟著父親參加馬克思學會的活動、後去莫斯科留學、在安徽蕪湖被捕、與托派愛人的感情等人生經歷也基本符合她本人的人生經歷，是寫實的。而小說後半部分，她回到相州與妓女爭官那些是文學虛構，因為當時相州沒有這樣的運動，她本人也沒回去參加過什麼活動，大致從 1940 年起那段時期她是在沂蒙山八路軍駐地做報刊方面的編輯文字工作直至 1949 年。

王願堅的短篇小說《黨費》，後改編成電影、歌劇《黨的女兒》，最近又被拍成電視連續劇，裡面那個獻身革命的「黨的女兒」黃新就是以王辯為原型的，因為在後期的革命活動中王辯曾化名「黃秀珍」，王辯就如黃新，是把自己的共產主義理想堅定不移地當成自己的奮鬥目標的。

王願堅另外一篇小說《媽媽》中，那位長期在白區做地下工作，為了革命工作與烈士的孩子，把自己的親生兒子賣掉、坐過監獄，與兒子失散多年才得以重逢的革命老幹部，也一直像母親一樣慈愛地關心指導著自己的小戰友們的工作，也很明顯是以王辯為原型的，王辯也坐過牢，在革命生涯中也失去過兩個孩子，都是夭折，這對她曾經是很沉重的打擊，帶來永久的精神創傷，作為長姊，也對小堂弟王願堅如母親一樣地呵護引導。

很顯然，在大陸弟弟王願堅、王希堅、王力們筆下，她很明顯是被拔高了，以一個「革命戰士」的形象崇高偉大，而姜貴《旋風》前半部分對她的紀實性敘寫，則很生活化，充滿煙火氣息，與不食人間煙火的「黨的女兒」構成有意思的對比。後半部分，回相州與妓女爭當婦女委員敗北，也如戲劇般幽默一把，可看成姜貴對這個堂姐、童年夥伴的調侃吧，是借著她的外衣表現別人的生活。王辯與王平一樣都是政治父親的得力助手與事業繼承者，只是王辯比中途退出政治的父親信仰更堅定，革命的道路也更長，貫穿了一生，是名副其實的「黨」的女兒，這個也算是出身名門望族的大小姐，她的丈夫趙志剛解放後長期擔任郵政部副部長，她本人長期在國家圖書館工作。但據她親戚講，她生活極為樸素，總是穿帶補丁的衣裳，也是她那個時代投身革命的女知識分子的典型範例。

## 第二節　王懋堅：徘徊於兩黨之間的現實者——《旋風》「方天茂」原型

### 一、歷史上的王懋堅

1925 年 11 月中國共產黨派出最早的一批留學蘇聯的學生中，最年幼的一個就是當時只有十三歲的王懋堅，王願堅的胞兄。這批曾被寄託著重大的救國救民希望的共產主義先行者，許多後來成為了國共兩黨的重要政治人物，包括鄧小平與蔣經國，這些人與王懋堅是同班同學。在那遠離家鄉和親人的地方，這些當時還是孩子的年輕學子一起在異國他鄉相依為命地度過那些成長的歲月，有些也結下了深厚的情誼。王懋堅在留蘇期間，據說與蔣經國交誼坡厚，這也是他回國後就參加了國民黨的原因，現在的中共黨史對他少有提及，他也因此成為日後威震政壇的留蘇學生中最不知名的一個。而在這批學生中，與王懋堅同行的王家弟子共有四個：他的堂姐、王翔千的長女王辯，堂兄王深林、後成為王樂平女婿的王哲，王哲當時是北大學生，還是這批留蘇學生留學途中的帶隊隊長。而在此之前，年少的王懋堅就在父輩的帶動下已經是一個十分活躍的共青團員了，他是山東最早的共青團員這一，也是最早的少年共產黨員之一，1924 年在青州就由青年團員轉為共產黨員了，早就在青州、濟南參加許多共產革命活動了。

王懋堅是王翔千的侄子、他親弟弟王振千（方珍千原型）的長子，王願堅同父異母的哥哥，早年跟隨伯父王翔千參加共產黨。在蘇聯王懋堅學的是軍事炮兵專業，之後，回國就參加了國民黨，成為國民黨軍隊的一名炮兵營營長，一直駐守青島。據王志堅女兒、濟南圖書館退休的王南講，當時就是王懋堅負責打諸城，心裏很不安，他還跑到十五個「堅」的老大王心堅（《旋風》裏面方天芯原型）那裡去說「每打一炮，心裏就撲通撲通地跳」，心裏不是滋味。

解放前夕，國共對決的關鍵時刻，共產黨組織、他的父親派他的妹夫（即王願堅的姐夫）前去策反他起義，他妹夫拿著她父親寫的信專門到青島找過他，相州當地土改中以此為藉口認為他通敵，被相州土改組織處死。王懋堅妹夫被處死後，他妹妹改嫁，把孩子留給父親王振千帶著。土改時候，山東在康生擔任領導時，採取極左路線，王振千因係地主出身，儘管家人都是革命者，依然被掃地出門（即不許帶家裏的任何東西，就被趕出家門），只好帶著外甥四處要飯維生，整整要了三年。最後，還是他的哥哥王翔千給他蓋了三間破茅屋，才

算有了棲身之地，而他的外甥因自己的父親「通國民黨」一直被壓制著。後跟外婆到新疆石河子投靠小姨王琳生活，一直到現在還在那裡。他一直奔走在新疆、南京、諸城之間，希望為父親平反昭雪，證明他是為共產黨事業而死，後來諸城市委組織過調查，認為係「誤殺」，但未評為烈士。

而王懋堅那邊的起義沒了這邊的接應，又走漏了風聲，隻身逃出，到上海躲在一個閣樓上不出來。當時他的堂姐夫趙志剛（即王辯的丈夫）是八路軍高級幹部，後長期任郵政部副部長，就到上海找他。據王懋堅女兒（他只有這一個養女）回憶，趙志剛那時總是穿一身八路軍軍裝，打著綁腿，找過他幾趟後，王懋堅就又開始出來工作。開始給粟裕、唐亮他們做翻譯，後到南京外語培訓教俄語，是南京軍區辦的培訓班，同時給粟裕、唐亮他們做翻譯。後來中蘇關係淡化，他就到南京農學院外語教研組。文革期間曾被下放農村去放牛，南方的大水牛不好馴服，有次從牛背上跌下來，摔得不輕，那時他年齡已高，回家休養了一段時間，後來查出食道癌，1973 年病逝。

他女兒說，在文革期間，他在教研組的工資是最高的 198 元，他本人過意不去，主動要求降了一級，去世以前拿 170 元。他去世之前就平反了，工資也恢復了。他的太太 1984 年去世，長期患風濕性關節炎，享受免費治療。

據他女兒講，他與一起留學莫斯科的馮玉祥的兒子馮洪國、女兒馮弗能私交甚好，馮弗能還因為感情私事專門去南京找過他。而現在的檔案解密，馮弗能在莫斯科留學期間曾與蔣經國有過一段短暫的婚姻關係，他與蔣經國的交往或許也緣於此。他從蘇聯回來也一度在馮玉祥的部隊任職。但他只是政治立場轉變了，並無出賣同志的行為。

王懋堅年輕時照片（由王願堅女兒王小冬提供）

　　據王願堅的女兒王小冬講，在他生病期間，弟弟王願堅曾為他到處求醫問藥。據他家人講，當年兩兄弟的重逢還頗有戲劇性……王懋堅當年去蘇聯時，王願堅還沒出生，兄弟倆從未見過面。當時在南京，王願堅跟著部隊聽領導做報告，看到領導旁邊做俄文翻譯的王懋堅，因為家人一直說起，因此王願堅很懷疑那個翻譯就是從未見面的哥哥，所以等報告結束，他就到後臺去問，果然就是，兄弟倆終於團圓重逢。

　　50年代初，當時王願堅未婚妻翁亞尼到南京出差，還受到王懋堅夫婦的熱情接待。

　　據同族家人王偉講，文革期間，周恩來總理為兩岸關係與蔣經國溝通聯繫，特地去幹校把王懋堅接出來，給蔣經國寫信，這信據說後來還是送到了蔣經國手裏，好像，後來蔣經國也曾給王懋堅寫信（這段史料無從查實）。

王願堅與哥嫂王懋堅夫婦南京相聚（王願堅女兒王小冬提供）

　　因為通曉俄語，熟悉蘇聯文化，五十年代，王懋堅與友人相魯之合作翻譯了一些俄語著作：

　　《人的起源與發展》，普裏謝基著；相魯之、王懋堅譯，正風出版社，1951年07月第1版。

《女教師的筆記》（蘇）福麗達・維格道洛娃著；相魯之，王懋堅譯，1952年10月第1版，正風出版社。

《少先隊員的夏季遊戲》（蘇）科羅特科夫（И. Коротков），（蘇）塔包爾科（В. Таборко）著；王懋堅譯，正風出版社，1955年版。

王愿堅夫人翁亞尼五十年代初與王懋堅夫婦同遊南京玄武湖
（王愿堅女兒王小冬提供）

## 二、文學裏的王懋堅

歷史上沒有得到重視的王懋堅卻在文學裏受到重視，被堂弟姜貴寫進小說裏，《旋風》中「方天茂」的原型即是王懋堅。

1957年12月8日，胡適先生讀過姜貴寄給他的《旋風》後寫了一封回信，專門談到：

你真是有心人，可惜我沒有機會得讀你以前的小說。在讀完這本小說之後，我最佩服你借方天茂嘴裏說的一句話：

你所憑的只是一種理想，像修仙的人打著坐辟穀一樣，為了一種永遠不能實現的想像去吃苦，實在是沒有意義的。

你用「修仙」做比喻，再好沒有了，我去年在芝加哥城演說，

也曾說「各盡所能，各取所需的階級社會」是一個從來不曾有過，也永遠不會實現的理想。所以我特別注意到方天茂這幾句話。

……你寫方鎮的天翻地覆，——如方舟武娘子的下場，如方天艾的認母，等等，都很有力量，所以能動人。最可惜的是你沒有用同樣的氣力去描寫方天茂。〔註6〕

姜貴《旋風》對「方天茂」是如此描寫的，因為篇幅不是太長，現摘錄如下：

另一件是關於他的侄子方天茂的。天茂在俄國，留學於炮兵學校，正式加入了蘇聯的炮兵，當一個下級小軍官。當俄軍和張學良的部將梁忠甲衝突的時期，他正在俄軍中用大廠轟擊梁忠甲的部隊，他的忠勇贏得了蘇聯人的賞識。

方祥千興奮地告訴方珍千說：「我的眼光準沒有錯，天茂這孩子是有出息的。你在縣城坐了幾天冤枉監獄，好好記住，不要忘了。等天茂帶著俄國炮兵打過來的時候，就可以報仇雪恨了。人家是以眼還眼，以牙還牙，欠一文還一文，我不這樣主張。我是主張你要欠我一隻眼，把整個腦袋拿來還；欠下一文錢，拿上萬的銀子來還。不是這樣，算不得報復。對於資產階級，第一講不得恕道。騎著驢觀燈，咱們走著瞧罷。」

……

方祥千到了T城，照預定計劃，坐車子一逕到方通三家裏去。方通三接待這位不速而至的客人，倒是滿客氣的。但是他再三追問這回到省裏來究竟為了什麼事，大約要住幾日，他很關心這些事。

「六哥，莫怪我直說。現在這方面緊的很。你的政治立場，又是大家都知道的。住久了，總不大好。」

「三弟，你放心，我早已不玩政治了。萬一他們不諒解我，我就辦一個自首手續也成。我近來贊成吳稚暉先生的說法，中國行共產要一百年以後。我最近在讀莫索里尼的傳記，研究法西斯蒂呢。」方祥千信口說。

「六哥，你說到自首，我想起天茂來了。你知道天茂在T城嗎？」

<hr>

〔註6〕姜貴《旋風》，臺灣九歌出版社，2009年重版，扉頁。

「那個天茂，你說的是珍千家的天茂嗎？」方祥千吃驚的問。

「是啊，正是他。」

「他在俄國，什麼時候回來的，我怎麼不知道？」這消息太離奇，方祥千急地追問。

「詳細情形我不知道。大約他從俄國回來，在南京辦了自首，最近奉派到 T 城來的。我也是聽到別人這麼說，我並沒有見過他。」

方祥千一肚皮的不自在。想了好一會，才說：

「三弟，你想辦法找了他來，我和他見個面。好不好？」

「那容易，到黨部裏去一問，就知道他的住址了。」

第二天，天茂來了。去國十年，他已經長得又高又大，嘴巴子刮得青青的，頗具武夫氣慨。方通三為了他們說話方便，自己稍微坐了坐，就躲到內宅裏去了。這裡剩下方祥千和天茂兩個人。方祥千說：

「怎麼你這一連串行動，一直瞞著我和你父親？」

「不是瞞著，六伯，」方天茂脹紅了臉說，「我這些行動，連我自己都覺著不對，我是不好意思。」

「既然知道不對，為什麼要這麼作呢？」

「六伯，我是疲倦了。我實在疲倦不堪，我不能再繼續那種生活了。我需要休息，自然，如果有人說我懶惰，說我不夠堅定，那也可以。」

「我五十多歲的人了，都不說疲倦。偏你二十多歲的青年人，就需要休息了！」方祥千冷笑說。

「這是生活不同的緣故。我在西伯利亞的冰天雪地之中，一氣住了十年，和那酷寒奮鬥。冬天，我穿了雙層熊皮，還頂不住那嚴寒。在屋裏還能，一開門出去，風吹過來，寒氣一直逼到肌體之上。在北滿，同樣的冰天雪地，我每天有十二個小時以上，騎在馬上奔馳。我說俄國話，寫俄國字，吃俄國飯，做俄國事，甚至討了俄國老婆，我已經變成九十九分的俄國人了。還剩下一分沒有變的原因，祇為我沒有斯拉夫人的血統。六伯，人越是在不可耐的酷寒中，越是想著我們這溫帶的春天和夏天。我想像著，人光著膀子，在樹蔭之下搖扇乘涼，過那百零三度的炎天，就是神仙。我想像著，假如

能說中國話，寫中國字，吃中國飯，做中國事，回到中國人的家庭中，就不啻是神仙中之神仙。我騎在馬上，到了筋疲力竭的時候，就想像著柔軟的睡椅。我發著俄國人的大炮，就老是想著我們家裏過年的爆竹。在這樣的心情之下，當國際派我回來的時候，我連考慮也用不著考慮，一到上海就自首了。我真疲倦了，我非休息不可了。我還記得，當我剛回來的時候，我連中國話都說不大上來了，要一邊慢慢地想著，一邊慢慢地說，彆彆扭扭，大沒有說俄國話來得方便。中國字，更不會寫了，尤其那支毛筆，我簡直擎也擎不動它。但是我偏喜歡說中國話，寫中國字。不知怎的，我總覺得這才是我應當說的話，我應當寫的字。我不能拿人家的東西，硬當作自己的。」

方天茂先見到六伯父，原有點像小時候見了尊長那樣的莫明其妙的恐懼心。但話匣子一打開，感情激動著他，他滔滔地講下去了。他已不再顧忌到六伯父對於他的話會起怎樣的反感。

這時候，方祥千在不耐煩的心情之中還帶著沉重的悲哀。他的夢破滅了。天茂是他培植起來的許多後輩中最年幼的一個，他寄予他的期望也最大，想不到他先變了。正如他的陣營中，首先自首的偏偏是工人出身的汪大泉和汪二泉一樣，曾經引起他的深長的懷疑。他沒有憤怒了，他這時候的心情是悲哀和寂寞。他搖著頭說：

「不想你從小受訓練，還克服不掉小資產階級的劣根性。你說的這一切，全是小資產階級的劣根性在作怪！」

「我不這樣想，六伯，」方天茂坦白地表示他的意見，「我以為這是現實。現實的力量比什麼都大，現實是能夠戰勝一切的。你老人家幹共產黨，是離開現實的。你所憑的祇是一種理想。像修仙的人學著打坐辟穀一樣，為了一種永遠不能實現的想像去吃苦，實在是沒有意義的。」

「這就是你在俄國十年，所學到的政治理論嗎？」對著方天茂的直言，方祥千倒覺得有點驚異。

「是的，六伯，因為俄國人最講現實。斯大林知道無產階級專政是統治俄國的最有效的手段，他便採用無產階級專政的方式。如果斯大林發現了自由企業制度比較無產階級專政更能夠維持他的

統治，而他不放棄無產階級專政，去實行自由企業制度，那才是怪事！」

「這麼說起來，你的自首不是為了疲倦，為了要休息，竟是為了反共了。你這次到 T 城來，負著這種任務嗎？」

「並不這樣。我是先看穿了他們的做法，然後才疲倦的。」

方天茂望望六伯父的憔悴的臉，覺得這個老人到了這般境地，還為了一種理想，在不知不覺之間，被人家牽著鼻子到處亂跑，實在有點可憐。便說：

「六伯，我知道你還在幹！」

「是的，我犯不上對你說假話，我還是在幹。你要出賣我嗎？」

「不，六伯，我決不出賣你老人家。如果你老人家在這裡有所活動的話，我還可以掩護你，幫忙你。因為你是我的六伯，我和你有一種封建的家族關係，我很喜歡這種關係。我現在，我現在愛惜那種關係。」

……

「我的意思，」方天茂接過去說，「六伯伯提到現實這兩個字是最要緊的。我們要注重現實，把現實的一切分析得清清楚楚，看明白他可能要前進的方向和路徑，我們的政治態度就可以決定了。」〔註7〕

……

客觀地說，「方天茂」與王懋堅基本是一致的。

## 三、在文學與歷史之間

「方天茂」倒是與原型王懋堅比較一致，但因為王翔千在 1928 年就已退出政治活動，因此，他與王翔千後期的交往該是虛構，姜貴是借著他的形象塑造，把姜貴自己的對他觀點與看法表達出來了。

在歷史上沒有得到重視的王懋堅，借著文學得以補充完整，他本人的經歷與思想也把那個時代被長期遮蔽的一個側面暴露出來。

儘管政治上有過游移，但他卻是出於思想與信仰的角度，並沒有被嚴刑逼供式的政治強迫，也沒有金錢美女的政治引誘，更沒有出賣同志撈取利

〔註7〕姜貴《旋風》，臺灣九歌出版社，2009 年重版，415～424 頁。

益，純粹是個人的政治信念的選擇，是基於他十幾年在俄國留學生活的體驗與觀察。方天茂可以說是一個十分清醒的現實觀察者，時代的先知先覺者。

那個時代有無數的青年都曾經像他那樣在黨派中游移不定。後來叱吒風雲的王叔銘將軍也曾經先加入共產黨，後來倒向國民黨陣營，這些在歷史縫隙中的歷史人物給人們思考歷史也留下一道不該被遮蔽的縫隙，促使人們多元化、多視角地去理解那個時代，那些動盪時代動盪不安、無處安放的個體與心靈。

本該在歷史上留下一筆的王懋堅，歷史卻避他而去，他未曾料到的文學卻記住了他，或許未來的歷史會關注他。文學與歷史這對複雜的組合體，常常很矛盾地糾結在一起，多面向地折射複雜多變的社會人生！

## 第三節　王盡美：堅定的共產主義行動者——《春華》「金鋼」與《旋風》「尹盡美」原型

### 一、歷史上的王盡美

中共一大代表王盡美是最知名的諸城政治人物。關於他的史料早已汗牛充棟，家喻戶曉，在此不再贅述。他的兩個兒子王乃徵、王杰在《懷念我們的父親》一文中，對他的一生有詳細記述。詩人臧克家曾經寫詩紀念他：

**紀念王盡美同志九十誕辰**

黨史開先卷，

百代揚英名。

暗夜仰北斗，

巨手撞晨鐘。

　　　1988 年 4 月 28 日

（輯自 1989 年 7 月《琅玡詩刊》）

（參見《臧克家與諸城》，政協諸城市委員會編，王紀亮主編，

中國文史出版社，2006.8，67 頁）

王盡美烈士逝世百年，詩人臧克家題聯：

自由花鮮血澆出；凱旋門白骨堆成。

王願堅（左）與王盡美之子王乃徵（右）合影（照片由王願堅女兒王小冬提供）

## 二、文學裏的王盡美

　　近年，以王盡美的事蹟改編的電影、電視劇多部已公映，本文只選早期與他熟識、相處過的王統照、姜貴以他為原型的寫作為分析對象，王統照的《春華》、姜貴的《旋風》小說裏，王盡美都是重要人物原型。

　　在《春華》裏，他是勇猛決絕往前衝的「金剛」的原型，面對失去革命熱情要出家的「堅石」，作為同學與戰友，他表現出了憤慨與冷漠：

　　　「看你們胡塗到什麼時候，有想死的，還有讚歎的，哼！好一

　　些自命不凡的青年，都像你們，還說什麼『新運動』；說什麼『中國

　　的復興』！」

他的聲音沙沙地卻如鐵條的迸動，十分有力。

「忘了你。金剛，你的話格外有力量。向來二哥同你辯不來。忘了你，應該早勸勸他！」

身木還是用一支手按住堅石的肩頭，生怕他跑走了一般。

「時代的沒落！」被身木叫做金剛的他，一手叉住腰，白嗶嘰的學生服映著他的鬆黑的面目，在微光下現出剛毅不屈的神色。

他再喊一句：「時代的沒落！……」卻急切裏說不出下文來……〔註8〕

小說裏，還有一封「金剛」寫給「巽甫」的信，表達他的思想觀念：

信很長，當中的一段使巽甫感動得利害。

「……你的態度不甚明確，然而我們不再等待了！若是講到尋思上幾個年頭，正是『俟河之清』，無論事實上不容許，那正犯了中國的老病，是推諉，敷衍。……新時代已經展開了朝光，正在輝耀，青年，我們是青年，還遲回，猶豫什麼？見解不明，自己牽累，藉口無暇以高超自解，那種人不能與我們合作。受不了現實的壓迫，失掉了反抗的勇氣，反而往清靜無為中自找苦吃，終無所成，立腳不穩那種人到時墮落，是時代的淘汰者。更有倚附官僚，奔走於政客之門，想利用青年團體的活動作自己的捷徑，是青年的害群之馬，更不值一擊！……巽甫，我們要打起鋼鐵般的營壘，要收拾起明亮的利器，向這古老的社會進攻。我們要有連合的力量，要有遠大的企圖。為民眾造生活。總之……中國到了現在，需要革命，需要青年人的革命的精神與力量！『時乎，時乎！』……我們不能再等待了！……」

他想不到那個口拙的金剛寫起信來，卻能夠如此激昂慷慨。

〔註9〕

小說後來，他在輪船上與曾經出家的堅石巧遇：

意外的，是這麼匆促中的相遇，卻把堅石呆住了。金剛，——

〔註8〕見王統照《春華》，《王統照全集》第三卷，中國工人出版社，2009年版，267～268頁。

〔註9〕見王統照《春華》，《王統照全集》第三卷，中國工人出版社，2009年版，296～297頁。

那個言談行動都充分富有原始農民性的壯人，把一提籃的水果與一個粗被套摔到原佔有的床上，且不與堅石談什麼，如旋風似的跑出去，在甲板上不知同誰說了兩句，又獨個兒鑽進來。堅石仍然像深思地立在一旁，沒有動。

「喂，喂，大和尚，天緣巧合。怎麼來得這等巧！還在一個房間裏。你多早返的俗？現在又往那跑？——你瞧，你這一變簡直是『魯一變至於道』了。脫去學生皮，成了小商販，我這打扮你別見笑，老剛如今更成了俗人了啊。」

不等得答覆，從提籃裏取出兩個圓紅的蘋果遞給堅石一個，自己的立刻在大嘴角上咬下了一片。

……

「噢！你比方你自己是一隻泥牛，真真有味。」

「豈但有味，就是事實。笨得像我，——說來話長了，出身那麼窮，終天守著鐵匠爐，火鉗，錘子過了幼年時代，你還不知道？好容易入學校，升到中學一班中誰能說我伶俐。反正甲等的名次裏從來沒有過我。笨，笨得如一支牛差不多。那能像你們那班文學派，比古，論今，知書，懂禮。牛也好，離開學校，冷冷地被扔到社會中來。社會還不是一個無邊岸的大海，扔在裏頭掙扎得到一口活氣，不大容易吧！這個不論，管它有無後來的消息，總而言之，擲下去了。便作泥做的吧，這樣的牛多了。也許海水變點顏色，所以我安心自比，——以此自比。再來一個，老石，我就不佩服那銜石填海的鳥兒，——老是在水面上飛行，哀哀哭叫，海中的波浪掀天，他盡很做了一個旁觀者，自己的羽毛如何會不上一星星水味？不必說他嘗不到淡，鹹，——講回來，石，人家有羽毛知道愛惜；知道羽毛的漂亮與美麗，更藉著聲音去誘惑人。我呢？本無羽毛，笨得周身全是泥土，不下海幹嗎？嗯，老石，你應該說：『你走江湖就是多學了點吹哨的本事吧，』這的確是我的進步，我比先前活潑得多了。」……〔註10〕

姜貴的小說《旋風》，以王盡美為原型的「尹盡美」是如此描寫的：

---

〔註10〕見王統照《春華》，《王統照全集》第三卷，中國工人出版社，2009年版，364～367頁。

　　尹盡美這個人倒真正是出身於貧苦的家庭。他的父親是一個吹鼓手，這原是一種「賤民」，過的是「流浪者」的生活，真正吃了早上看不見晚上的。尹盡美能得進小學以至畢業，完全仰賴娘舅的幫助，這就是在玉鳳紗廠做事的那一位。盡美天分很高，而又刻苦用功，投考師範學校的時候，以第一名錄取。師範學校是官費，算是一般無力上進的貧苦子弟們的一條出路。那時候的官費生，被稱為「吃官饅饅的」，這個稱呼是帶一點譏笑意味的，因為既然「吃官饅饅」，家道一定不大好，而窮孩子是可笑的。

　　「六爺，我尤其看不慣的是他對於你們家大姑娘那副嘴臉。似乎一個革命者，見了女人也要有個革命者的派頭才是。」

　　……

　　以後不久，當選派同志赴俄觀光的時候，雖是董銀明自告奮勇，極願一往，史慎之卻一口回絕了他，而另行選派了尹盡美。那時，俄人以國民黨為其友黨，所以那次赴俄的人包括兩黨分子，國民黨方面參加的有民志報的羅聘三等人……

　　尹盡美在玉鳳紗廠所建立的組織關係，暫時交由汪大泉負責。尹盡美在實際工作上，是一個積極的活躍的人物，史慎之有意造就他，希望他將來能負更大的責任。尹盡美唯一的缺點，是身體不太好，平常面色蒼白，有時咳嗽，像有肺病的樣子。朋友們勸他到醫院裏去診察診察，看究竟有沒有病。他總是不肯接受。他的理由是——

　　「假如診察了，說有肺病了，怎麼辦呢？我有沒有資格長期療養？肺病是一種富貴病，不是窮小子可以嘗試的。所以我用不著去看。我祇是埋頭工作，哪一天累死，哪一天算完！人生不過是這麼回事！」

　　所以嚴格分析起來，尹盡美這個布爾塞維克，是有著濃厚的浪漫氣息的。他以小資產階級的悲觀主義，尋求刺激，消磨生命，無異把革命流血當雅片煙抽。早期的共產黨人，像這樣的不在少數，尹盡美僅其一例而已。

　　……

夏初，天剛剛顯得有點燠熱，尹盡美回國來了。他比以前更加黃瘦，嘴唇更加白，沒有血色。他在莫斯科過上一個冬天，他的肺病顯然加重。但他還能掙扎，騎著腳踏車，到處亂跑，到處活動。他告訴他的同志們，俄國現在是鬧著怎樣的饑荒，蘇聯共黨的同志們是怎樣在這大饑荒中為了共產主義的種種理想，勇猛的艱苦的奮鬥。他喜歡唱一個俄文的國際歌。祇要環境許可，他總是輕聲輕氣地唱一個俄文的國際歌給他的同志們聽。因為他會唱俄文的國際歌，他在黨內的地位不知道提高了多少。他的同志們遇著難以解決的問題，常常喜歡說，「我們還是問問盡美去，他是從俄國回來的。」

……

尹盡美已經病得不能起坐，他是用帆布床從 T 城抬了來的。不用說，騾車是不能坐的了。許大海和侯大爺商量，雇了一頂四人轎子，帶了八個轎夫，輪著班抬他到方鎮。

……

侯達離去之後，尹盡美的病漸漸沒有希望了。方珍千自告奮勇，要給他醫治，斟酌了三天才立出一個方子來。方祥千拿過來一看，頭一味藥是生地二兩，他沒有看第二味，就放下了。卻去請小曹操曾鴻，根據他所淵源的陳修園，用八分人參的補劑來「投石問路」。不幸的是路還沒有問著，尹盡美就伸了腿了。

尹盡美的病逝，是方祥千自陶補雲陣亡之後的第二件傷心事。他老淚縱橫的說：

「八個道士，八個和尚，再請八個尼姑，多給他們念幾天經。這是我們僅有的一個人才，他偏偏死了。從今以後，我們再也沒有人會唱俄文的第三國際歌了！連個俄文歌都不會唱，我們的臉上還有什麼光！」〔註11〕

……

可以看出，這兩部小說對「王盡美」的家庭出身、投身共產主義的熱情、病逝於肺結核等短暫人生經歷的敘寫與王盡美本人的人生經歷與政治熱情高

〔註11〕見姜貴《旋風》，臺灣九歌出版社，2009 年增版，38～308 頁。

度相似，只是比悲壯崇高的歷史敘事寫的生活化了很多，見出原型生動、細緻、富有感染力的性格特徵。

## 三、王盡美在文學與歷史之間

「王盡美」是曾照亮中共歷史的一個名字，近年成為影視劇頻繁射獵塑造的重要歷史人物，卻不知在海峽兩岸，在熟悉他、認識他的家族同仁中，早已經成了小說原型人物。

在前面的分析文章中，王統照《春華》的紀實性相對較強的，而姜貴的小說前半部分紀實性較強，後半部分虛構性更強。王盡美因為生活短暫，所以基本就生活在前半部分裏。結合歷史資料也可以看出，兩部小說，在對以「王盡美」為原型的人物「金剛」、「尹盡美」身上，都保持了基本符合人物原型的高度一致性，並且，與 1949 年後，在毛澤東主席親自過問下，以政府意識形態對王盡美幾近推崇的崇高形象幾乎高度契合。這是這兩部小說中唯一一個在民國與 1949 後、海峽兩岸文學與歷史中都受到高度評價、都是正面形象出現的人物，尤其是姜貴的《旋風》，這部以反共著稱的小說，在五十年代，臺灣政治高壓的氣氛下，在小說中幾乎沒有正面形象的情況下，獨獨對王盡美大加溢美之詞，也可以想像王盡美本人當年與他們相處時的個性與感染力。這或許也從中看出共產黨 1949 勝出的一個原因。

兩部小說中，都寫到了他與同班同學王志堅「堅石」「方天芷」之間的矛盾糾葛，也藉此為黨史上至今爭論不休的王盡美改名事件做出另一番解釋。濰坊學院王憲明教授為此還專門寫過考證文章《王盡美改名與王石佛出家——兼論〈春花〉、〈旋風〉的人物原型》，對此作出過詳細考證。

姜貴在《旋風》中對他「崇高化」的改名另有一番言說，或許更有生活趣味：

> 但方天芷本人被公認為是一個怪人。不但他們方鎮全族把他「另眼相看」，在 T 城也很少有能夠瞭解他的。譬如尹盡美就是看不起他的。他好談美學，而尹盡美一聽到他的美學就作嘔。尹盡美原有一個別的名字，他因為反對方天芷，才自己改名叫盡美。他這盡美二字，不是盡美盡善的意思，而是沒有美，不要美的意思。即此一端，可見尹盡美對他的反感之甚。〔註12〕

────────────────

〔註12〕見姜貴《旋風》，臺灣九歌出版社，2009 年增版，76～77 頁。

其實他們之間的矛盾不是名字的問題，正是反映出熱衷政治的知識分子與堅守教育本職的知識分子之間的矛盾衝突，這是那個時代的一個重要矛盾，這在後面有詳細論述。

二十世紀的歷史曾是個任人打扮的小姑娘，大說、小說之間難見分曉，或許年代的久遠，更能理清事實的真相。

## 第四節　鄧恩銘：激烈的時代先行者──《春華》「老佟」《旋風》「董銀明」原型

### 一、歷史上的鄧恩銘

與王盡美一樣，作為一大中共代表，共產黨的早期創辦者鄧恩銘也是一直受到官方的推崇和宣傳，資料汗牛充棟，廣為人知，這裡不再贅述。

### 二、文學裏的鄧恩銘

儘管近年拍攝過不少涉及鄧恩銘的電影，甚至專門為他拍攝的電影、電視劇，本書仍只選與他同時代的、有過相處交集的王統照與姜貴他的文學敘寫。

王統照《春華》中：

> 老佟──那個胖胖的，身軀微矮，有一對銳利眼光，大下頜的角色，每逢他一開口別人都聚精會神地坐著聽。他說話聲音不高，可是每個字都有分量，把主張放在一邊，但論他的言語的魔力確非他人能夠相比的。他又有一種特點，就是不論有什麼重要事件他一點都不慌急。永遠是那張微笑而沉著的面孔，銳利的眼光，彷彿能穿透每個人的心胸。他雖然以學生代表的關係在各處活動，上海學生會作代表的事都幹過，與一時的人物，政客，都辦過交涉，可從沒曾吃過虧。第一層，他的言語的分量不容易讓對手找到空隙。

> 「堅石還沒回來吧？」老佟站住了，「你們瞎忙。他不傻，就是神經太脆弱了，受不住一點激刺。這也無怪，他究竟同我們不一路，你放心他死不了！」

> 老佟淡淡地說過這兩句似乎不開心的話，隨即轉身走了。巽甫

才得與身木並腿向北面的橫街走去，追及在前面緩步的義修。

「他們與堅石也不錯，怎麼看去那麼冷？」

身木有點不平地問話。

「不，他們現在的心也太忙了，你還看不出來？頭一個是佟。其實他的斷定不會錯，我也曾對你說過，後來準能知道，現在上那裡找他？」

因為自從那個學會有了最後的分裂之後，老佟，金剛，還有別的思想激進的青年，他們都趁著這個長期的暑假另作活動去了。

一個很沉重的問題橫在胸中使他很遲疑，沒有解決。

「與他們一同行動呢？還是不理？……」

他們是指著老佟那般人想的。自從學會分散後，有點政治理想的青年雖然是中學生已經有了派別不同的結合，巽甫在起初原想只研究與口頭上的討論，但是從事實上證明了這是他個人的空想。如果把政治問題在文化運動的範圍中撇開不論，或者如同義修那樣的無暇及此，也就罷了，否則但憑無頭緒的尋思與口舌上的快意，幹什麼用？平常他已經被好多人指說是與老佟那般人一路，他卻明白自己，他是有果敢而慎重的性格的，他不肯隨聲附和；卻也不能立刻決斷。拋不開政治上的觀念。又缺乏老佟那般人不瞻前不顧後的硬勁。

至於老佟與金剛呢，這一年中與他們走到那麼近，也算得是一派，不過性情上如是有好大的隔閡。老佟為人最厲害，野心也最大，他是口舌如箭心思如鐵鑄的角色，同時，在這城中出風頭的青年誰也不能比。可是他那股冰冷鐵硬的勁兒與自己真有些難於融合。金剛表面上不過是個莽撞孩子，又粗中有細，打先鋒是他，講聯絡也是他。就是火氣重點，動不動只許自己，沒把別人看在眼裏。……自己與他們混在一起，思想上或者可說是也有共同之點，友情呢？……他想到友情兩字，真感到自己的孤獨！向來是傲視一切的，但在高傲之中深伏下一種頑強的病根，那便是不易於人合作。縱然談論，主張，及至與人實行起來，便覺得處處碰頭。〔註13〕

---

〔註13〕見王統照《春華》，《王統照全集》第三卷，中國工人出版社，2009 年版，273
～413 頁。

《旋風》中的「董銀明」一出場就是參加方祥千馬克思學會的積極分子之
一：

> 一個是天艾的同學貢院街中學三年級學生董銀明，一個是師範
> 學生尹盡美，另兩個是同胞兄弟，成興印刷廠的排字工人汪大泉和
> 汪二泉。

他的家世也不一般：

> 原來董銀明的父親，在北方幾省做縣知事多年，宦囊頗豐。現
> 在不做事情了，就在 T 城住下來，算是落了戶，也不回貴州原籍了。

在小說第四回：「陰差陽錯冤枉一條命　臘盡冬殘窮愁兩顆心中」「董銀
明」就設法偷出了母親的鑽戒獻給史慎之作為黨的活動經費，卻活活冤殺了
母親的傭人大滿。使他受良心責備，也失去了去蘇聯的機會。其後，汪氏兄
弟自首，與他君子之約，互相掩護，小說寫到他在政治形式險惡之時不肯退
黨的理由，顯出他品德高尚的一面：

> 無奈董銀明頗為執拗。他說：「我倒並不一定非幹共產黨不
> 可，共產黨的許多做法，都和我的理想不合。但現在正是共產黨
> 失勢倒楣的時候，在這個時候教我脫離共產黨，有失做人之道，
> 我是萬萬不肯的。我這個人，祇有一個脫離共產黨的機會，那就
> 是史慎之被殺的時候。那個時候我沒有脫離，我就一輩子再也不
> 會脫離了。」

而在後來，他父親為他包辦婚姻，娶了個他不喜歡的太太，又在擦槍中
誤殺了父親，傳出他父親與兒媳不倫戀的謠言，因此陷入監獄，他母親變賣
家產最終被判無期徒刑。而他本人在獄中也見識了各路「獄友」，正是他要
革命拯救的對象：

> 住得日子久了，彼此廝混得更熟了。董銀明覺得說說話，也還
> 可以排除寂寞，就時常和這幾個寶貝聊天。天上一句，地上一句，
> 有的無的，說些莫明其妙的閒話。董銀明覺得這兩個無產階級型的
> 下等朋友，也有一種長處，那便是「直爽」。他們內心坦白，赤裸
> 裸地沒有一點掩飾。他們是剝削制度下的無辜者。他們對於他們的
> 統治者，有一種「無反抗的反抗」，那便是他們那種「遊戲人間」
> 的滑稽精神。這種精神比憤怒還要悲壯，比眼淚還要感人。這是董
> 銀明以前所未曾知道的。於是他明白了，明白了共產黨的革命運動，

何以定要無產階級為基礎的道理了。

最後，他在監獄也「熬成了一個龍頭」：

> 而一場官司下來，董老頭留下來的家業也用光了。老太太賣去
> 了住宅，把煙槍劈開，煮水喝了過癮。最後她餓斃在一個破廟裏，
> 當一個風雨的黑夜。
>
> 董銀明早已斷絕了家庭的供應。但是不要緊，因為他這時候，
> 也已經熬成了一個龍頭，其地位不下於十九號。〔註14〕

## 三、鄧恩銘：在歷史與文學之間

姜貴曾與鄧恩銘是濟南一中時的同窗好友，都曾參加馬克思主義學會，兩人有過密切的交往和友誼，他在自傳中曾提到這位同窗：

> 有次在育英中學開會，一中同學鄧恩銘站起來，鄭重提議，要
> 把我做成「黨員」，六伯父立即予以否決，而且聲色俱厲地斥責我
> 不學好，「一點不像你五大爺！」〔註15〕

《旋風》中的「董銀明」明顯是以鄧恩銘為原型的，名字都是諧音，在諸城土話裏，「鄧」發「董」音。也因此，在小說以他為原型的文字洋洋灑灑，佔了不少的篇幅。弔詭的是，姜貴在小說中對自己本家族的長輩兄弟多有歪曲史實的蹧闒醜化，而對這位中共一大代表則是極盡歪曲歷史史實的美化，這位以反共著稱的作家，在以「反共」著稱的小說裏塑造得最完美高尚的人物就是王盡美、鄧恩銘兩位中共一大代表。王盡美的美化還算符合史實，而對鄧恩銘的美化卻是基本違背歷史史實的，與對本家族、本黨派的王樂平等人歪曲史實的醜化構成鮮明的對比。這或許看出姜貴本人內心的複雜與矛盾之處，或許他對當年的這位同窗有過深深的懷念與情誼的。

從歷史資料與小說的比較來看，「董銀明」比之鄧恩銘，首先就從家世出身上美化了。鄧恩銘出生在貧寒的貴州鄉下水族農民家庭，他到山東是投奔過繼給黃家當縣官的二叔黃澤沛。並由二叔資助於1918年進入濟南山東省立第一中學讀書，小說裏卻把他描寫成富商的獨生子。私生活上，鄧恩銘1931年被槍斃時從未結過婚，他的親生父親確實在貴州鄉下為他定過一個包辦婚

---

〔註14〕見姜貴《旋風》，臺灣九歌出版社，2009年增版，20～413頁。

〔註15〕《姜貴自傳》《姜貴中短篇小說集》，姜貴著，應鳳凰編，臺灣九歌出版社有限公司，2003年版，203頁。

姻的未婚妻，但曾遭到他的反對，並沒娶過門。而小說裏，他不但結婚，還衍生出許多枝節故事，基本屬文學虛構。而關於他的被捕與槍斃，史料也早已明確，他確實由叛徒出賣被捕，並於 1931 年與 22 位烈士一同被槍斃。而小說裏則因為與父親擦槍走火所致，還把他妻子牽進來，衍生出不倫故事，可見這些都是作者的文學虛構。至於他熱烈讚美的鄧恩銘的品行，更是值得商榷。首先是鄧恩銘在黨困難的時候反而決不肯退黨，而據叛徒王用章與相關當事人的回憶，鄧恩銘 1921 年參加黨的「一大」後，9 月或 10 月和王盡美等人去蘇俄參加共產國際召開的遠東各國共產黨及民族革命團體代表大會。在伊爾庫茨克鄧恩銘因支持天津的代表於樹德，而跟中國代表團團長張國燾鬧翻，一怒退黨（可參閱《「一大」前後》（一）於樹德的回憶文章）反革命犯王天生（即王用章）在供詞中說：鄧恩銘「在遠東民族代表會中，與中共黨團發生矛盾，一度退出中共黨團，且與中央脫離了組織關係。」（見山東省公安廳檔案 2-210-84-3 反革命犯王天生供詞第 133 頁），可見，鄧恩銘與王盡美都去了蘇聯，也早就退過黨，並無因得罪領導不被允許去一說。而他後來的被捕、被槍斃皆與王用章兄弟的叛變有關，他是較早被捕的一個，他與他們的私人恩怨是導致二兄弟叛變的重要導火線，因此，他們之間也絕不可能有君子協定而言。當初，兩兄弟的叛變導致整個山東共產黨的癱瘓，是中共黨史上的重大事件，還有周恩來派秘書張英青島除奸一幕（叛徒被槍斃於青島鞋店屬歷史事實）。姜貴本人對這些應該瞭解，為什麼卻在小說裏，對他從外到裏、從頭到腳徹底包裝假換。不知姜貴是出於何種目的，或許是試圖從道德上解釋共產黨之所以贏，而國民黨之所以輸的原因？還是報答他的當年同窗之誼？或許姜貴崇尚自由放蕩的個性正從鄧恩銘那裡找到知音？總之，文學允許虛構，歷史卻絕不允許摻假，因此，即便對歷史做出探討，也應該從事實出發才對，無論從那方面，諱疾忌醫都不利於真正面對、反省歷史。

構成有趣對比的是，王統照創作於 1935 年的《春華》，以鄧恩銘為原型的「老佟」也是個慷慨激烈的革命者，並無對他的負面描寫，頂多是對出家的「堅石」比較淡漠，問題看得比較冷靜透徹而已，對他傑出的鼓動能力和政治激情還是肯定的。

由此可見，鄧恩銘的文學與歷史構成最有意味的對比。文學與歷史之間的「小說」、「大說」的複雜性也由此可見一斑，這裡面巨大的闡釋空間也必是複雜深幽，本文提供基礎性資料以期待後來者。

## 第五節　田裕暘與刁步雲、吳慧銘等歷史人物考——《旋風》「巴成德」與「陶補雲」「史慎之」原型

姜貴《旋風》中出現了一個驚鴻一瞥似地、帶有傳奇色彩的英雄人物巴成德：

> 方鎮東邊的巴家莊上，巴二爺的大兒子巴成德，在武漢政權裏鬧了些時候，樹倒猢猻散，悄悄地回老家來了。方祥千最近和外邊隔絕了，幾次想找他談談，打聽打聽目前的革命行情，然而巴成德拒不與他見面。這因為地方上少數明眼人對於方祥千的這一套漸漸有點摸著頭緒了。「原來你是幹這個買賣的！」巴二爺囑咐了大兒子，方祥千就吃到了閉門羹。
>
> 巴二爺深愛他的這個鋒芒畢露的大少爺，為了收他的心起見，用最快的速度，給他訂下一門親事。選了一個最近的日子，一頂花轎，鑼鼓喧天，把新娘子親迎了回來。不想在巴家莊外不足三里之地，有便衣武裝攔截住，把巴成德從轎裏拉出來，立時砍了腦袋。
>
> 危機已經臨到方鎮的邊緣了……〔註16〕

這個巴成德就是以姜貴的諸城同鄉田裕暘為原型的，諸城文史作為黨史人物有對他的詳實介紹：

> 田裕暘（1899～1928）：又名田寅東，1899 年出生於諸城市昌城鎮大花林村一個佃農家庭。1910 年，田裕暘因父親教書而得以免費到巴山私立小學上學，1917 年高小畢業，1918 年考入青州山東省立第四師範。1922 年，他從省立四師畢業後考入武漢高等師範大學（後改為武昌大學）學習。
>
> 田裕暘在武漢高等師範大學求學期間，正值武漢革命形勢高漲，受其影響，他接受了馬列主義，開始走向革命的道路。他積極參加革命學生運動，並被推選為武漢市學生會的負責人之一，隨後加入中國共產黨，並擔任中共武漢市委委員。1926 年，北伐革命軍到達武昌時，他被推選為武漢三鎮幾十萬學生的代表，前往迎接。在歡迎會上，他慷慨激昂的講話，得到與會者的高度評價。同年 12

---

〔註16〕見姜貴《旋風》，臺灣九歌出版社，2009 年增版，332～333 頁。

月，在武漢讀書的山東學生集會，他作了「中國青年之使命」的報告，給大家以極大的鼓舞和啟發。

1927 年，蔣介石、汪精衛先後發動反革命政變，大肆捕殺共產黨人和革命群眾，轟轟烈烈的大革命失敗了。此後，遵照「八七」會議確定的實行土地革命、組織農民武裝暴動的指示精神，中共中央安排田裕暘到北方農村開展農民運動。他迅速離開武漢，經青島到達濟南後，被中共山東省委分配到中共青州地方執行委員會任宣傳部長。時青州地委負責領導壽光、益都、臨淄、廣饒、臨朐、昌樂等六縣的黨組織。交通點分設在壽光縣的張家莊、崔家莊、丁家岔河，廣饒縣的延家集、大王橋、呂家王舍，臨淄城裏、南王莊以及臨朐的吳家辛興等地。王盡美、鄧恩銘、王翔千等同志以前在青州十中和省立四師的教師、學生中發展了黨組織，建立了青年團，因此，青州有堅實的革命基礎。田裕暘到青州後，受到地委書記宋伯行等同志的親切接待。他瞭解了青州的情況後非常高興，慶幸自己又回到了火熱的革命鬥爭中。他迅速進入「角色」，與地委一班人策劃組織農民暴動。可是不久，因地委組織部長杜華梓叛變，青州地委遭到嚴重破壞，書記宋伯行被害，地委其他領導成員被迫分散隱蔽。

青州地委被破壞以後，田裕暘於 1928 年春節前回到故鄉諸城大花林村暫時隱蔽起來。到諸城後，他很快與 1927 年被省委派回諸城組織領導農民運動的中共諸城第一個地方組織——樓子黨支部的書記孫仲衢（也是他的同學、好友）取得聯繫。1928 年 3 月，經孫仲衢介紹，田裕暘到趙家莊子擔任了小學教師，以此為掩護，繼續開展黨的工作。期間，他與當時在相州老家隱居的山東早期共產黨員王翔千也經常來往。

1928 年 8 月，中共諸城特支成立，田裕暘積極參加了特支和貧民會的領導工作，並擔任諸、高、安三縣邊沿地區一帶中國少年先鋒隊的總隊長。期間，他和孫仲衢等同志在省委特派人員和高密縣委的具體指導下，積極發動貧苦農民參加「貧民會」組織，投入農民革命運動，並利用貼標語、撒傳單和集會遊行等形式廣泛進行革命宣傳，壯大革命形勢。在此基礎上，發動和領導了諸、高、安一

帶地區的農民秋收暴動（亦稱濰河暴動），狠狠打擊了國民黨反動派和地主階級的反動統治。

　　田裕暘參加領導的諸城黨組織和貧民會的鬥爭，使地主階級驚恐萬狀，他們紛紛跑到城裏，找縣長邊度春告狀，求其派兵鎮壓。在邊度春的支持下，地方的反動地主猖狂起來了。他們將 2 名貧民會員和一名共產黨員槍殺後又剷下頭來，掛在城門上示眾。為避開這場腥風血雨的襲擊，田裕暘辭去趙家莊子教師職務，回到家鄉大花林村。回家以後，他父親怕他再外出「闖禍」，就急忙給他找了個姑娘，要他馬上結婚，並在家鄉教書安度時光。這時，國民黨山東省黨部發出立即逮捕田裕暘的密令，縣長邊渡春接到密令後，經過密謀策劃，派大土豪路景韶率匪丁三十多人，縣警備大隊長王奎五率兵丁 20 餘人，配合縣黨部執委路謙叔等於 1928 年 11 月 16 日趁田裕暘去王家朱廟迎親之際，在半道上設伏堵截。當田裕暘和迎親的花轎途徑管家莊時，如狼似虎的兵丁蜂擁而上，把田裕暘五花大綁地帶到縣城。

　　在敵人的刑場上，田裕暘堅貞不屈，怒斥群敵。敵人要他寫投降書，他奮筆寫了「萬言書」，闡明中國共產黨救國救民的主張，揭露國民黨反動派叛變革命、大肆屠殺共產黨人和革命人民的滔天罪行。敵人看到硬的一套不行，又採用軟化的辦法，使用各種欺騙手段，妄圖得到黨組織秘密活動的情況，但田裕暘始終表現出「富貴不能淫，威武不能屈」的革命氣節，絕對地保守了黨的機密。他三弟田裕熙去監獄給他送飯時，看到他的慘狀禁不住痛哭流涕，他堅定地對三弟說：「不用難過，我做而不悔，悔而不做，我是不怕死的，敵人抓虎容易放虎難，甭愁，十年以後一切都會好的！」國民黨反動派對田裕暘軟硬兼施，伎倆用盡，但始終一無所獲，便準備殺害田裕暘。我地下黨積極組織營救，並做好了劫法場的準備工作。但陰險毒辣的國民黨反動派對田裕暘沒敢進行公開審判，也沒敢在諸城西南門外的刑場上公開殺害，而是於 1928 年 11 月 20 日拂曉，在諸城東門外將其秘密槍殺，犧牲時年僅 29 歲。就義前，田裕暘大義凜然，視死如歸，高呼「共產黨萬歲」等革命口號，表現出共產

黨員的革命英雄氣概。〔註17〕

對比一下小說與歷史資料可以看出，田裕暘就是「巴成德」的原型，除了不是立即槍斃，而是關押了一段時間又槍斃、他本人與王翔千有來往外等細微之處有所差異之外，其他幾乎完全相同，連同他那傳奇色彩的成親路上被抓，幾乎都是他本人的完全寫真。

黃埔英雄刁步雲：

《旋風》中還有一個黃埔英雄「陶補雲」也是有真實人物原型的，就是民國英烈刁步雲烈士，也確實是王翔千的得意門生。小說中如此敘寫：

> 現在是決定送陶補雲上廣東。陶家也是方鎮的老戶，陶補雲的父親陶鳳魁是做泥水匠的，靠替方家那些大戶們做零活過日子。方家是老鄉紳，幾乎家家都有一大片房子，年代久了，常常需要修理。這就成了陶鳳魁的專利一樣。他因此和方家家家戶戶都混得很熟，他對於他們每一家的房舍地理，都瞭如指掌。

> 陶鳳魁和方鎮上其他的人一樣，不到二十歲，就被父母給娶上一房老婆。這個老婆一口氣給他生下了十八個男孩子。這要是都能長大成人，安分守己，幫著老爹做活，無須臨時再覓日工幫忙，原也是件好事情。無奈現實是殘酷無情的。大兒患喘哮症。二兒患黃疸病。三兒不甘雌伏，上了關東，一去無音信。四兒患傴僂症，弓腰曲背，縮作一團，像個乾蝦。五兒在 C 島火車站上撿煤渣度日，被火車壓斷腿，從此沿街托缽，做了叫化子。六兒有個不大正式的職業，在開暗門子的小狐狸龐月梅家裏打雜跑腿。七兒當兵吃糧，傳說在山海關做了炮灰。八兒生天花死了。九兒出疹子去世。十兒患軟骨病，兩條腿細得像小竹竿，根本殘廢了。十二務農，佃了幾畝田種著，有個老婆，不斷替他生孩子，像陶鳳魁的老婆一樣。十三做流氓，天天在賭博場和暗娼院裏打架過日子。十四好勇狠鬥，為了幾百大錢，和人鬥毆，誤傷人命，押在縣大牢裏。十五推小車南海販魚，逛暗門子，梅毒打穿了鼻頭。十六在本縣保衛團裏吃糧當兵。十八體弱多病，學泥水匠不成，在十二田裏幫忙做點零活，等於討口飯。祇有十一陶祥雲，十七陶補雲，跟老子學成泥水匠，

---

〔註17〕見中共諸城市委黨史研究室著，《中共諸城黨史人物傳》第一卷，齊魯出版社，2002.11，79～82 頁。

承襲了陶鳳魁的衣缽。那陶補雲還在方氏私立小學畢業，讀書的成績極好。

他（陶鳳魁）一病十年，自分已無痊癒之望，卻因一個偶然的機會，使他霍然而愈。原來方祥千從Ｔ城回來，帶了三粒「金雞納霜丸」送他，他做一次吃了，病就沒有再發。方祥千把瘧疾的病理講一點給他聽，他雖然不能完全領會，卻從此對於瘧鬼及東嶽大帝起了懷疑，不似先前那麼無條件信仰了。

陶祥雲和陶補雲兩個兒子是他有力的助手，有他們兩個幫他做做零活，盡夠維持一家的生活。然而少年人負氣好動，心理上和陶鳳魁有著很大的差別。他們常到方家大戶去做活，穿房入戶，看見大戶家的生活是那樣舒服，他們什麼也不作，祇是一味吃好的穿好的，還有丫頭老媽子服侍著。大戶家的女人，那些太太少奶奶們，生得那麼俊俏，打扮得那麼漂亮，也使這兩弟兄為之心神不安。人比人，氣死人，心裏漸漸有一點不平。

……

然而侯達和尹盡美也帶來教人悲傷的消息，那就是加入廣東軍校一期的陶補雲已經在東征淡水之役陣亡了。對於這個極有希望的雛虎的夭折，方祥千比別人流了更多的眼淚。他請了八個道士在東嶽廟裏給陶補雲念了四十九天經，陶補雲的父親陶鳳魁和他的好幾個哥哥，輪流守在廟裏上香供飯，追悼這個首先犧牲的英靈。〔註18〕

小說後面用很長篇幅對其兄「陶祥雲」詳加敘寫，「陶補雲」後來就被「方祥千」推薦到黃埔軍校，並在淡水戰役中犧牲了。而其兄「陶祥雲」則在「方鎮」成了風雲人物，演義出許多故事，後在女人的爭風吃醋中死於非命。

諸城同鄉范寶聚有一文《黃埔軍校第一期學生刁步雲》：

刁步雲，字子登。1899 年生於諸城市相州鎮相州七村一個貧苦家庭，祖傳以泥瓦工為業。父鳳奎，母宋氏，兄弟 7 人，步雲最小。

刁步雲是王翔千的得意門生，兩家同住一個名叫「山海關」的巷子。王翔千 1911 年北京譯學館畢業，任濟南《魯民晚報》編輯，

---

〔註18〕見姜貴《旋風》，臺灣九歌出版社，2009 年增版，132～307 頁。

因對舊禮教和腐敗的清廷不滿，萌生走教育救國之路的想法，於1912年回到家鄉，義務創辦相州國民學校，自任校長兼教員，將同村同一巷居住的刁步雲、劉明、鄭希明等十幾個貧苦子弟引入學校讀書。

當時，刁步雲聰明穎悟，又渴望求學，家庭卻無力供給，王翔千的引進，使他如願以償，學習尤為努力，學業名列前茅。王翔千也極力對他進行個別輔導，灌輸新文化新思想，以國內形勢引導啟迪少年刁步雲學習報國。刁步雲體質魁梧、健壯，又喜好舞槍弄棒，課餘還幫助父兄勞作，不失本色，很受王翔千和同學以及村中父老的讚譽。

由於王翔千的精心培養引導，刁步雲很快接觸到民主革命思想，憤然自勵，欲有所為。時逢討袁興軍，刁步雲便潛往高密投軍，因年齡太小，被婉言辭謝。18歲小學畢業，適逢王翔千回濟南任法政學校校監，家庭難以供刁步雲升學，他便抱著驅逐日本帝國主義的目的，考入青島鐵路警訓班。兩年間，他的日語學得很出色，不僅能流利地講日語，還會用日文寫文章，結識了一些日本朋友，瞭解了一些國內外情況，畢業後，就在火車上當了一名乘警。

1920年，曾被人稱為「紅鬍子」小頭目的孫百萬，因為在參與討袁戰爭之後被撤職，便拉起一幫人逃到膠南的大小珠山、薛家島一帶，綁票勒索，無惡不作，得到駐青島日軍的支持，中國地方政府對其也無可奈何，成為山東東南沿海的一大禍害。是年冬，經朋友介紹，刁步雲打入孫百萬隊伍，很快瞭解了這支隊伍大多數人出身窮苦，因生計所迫走入歧途，但是，他們具有反帝反封建的強烈願望。刁步雲通過與他們廣泛接觸，分別因人對症下藥，進行思想教育，許多人表示痛改前非，團結一致，進行民族和民主革命，拯救貧苦落後的中國。孫百萬也開始向好的方面轉化，並很器重和信任刁步雲。這支隊伍便很快發展到500多人。

1921年，在華盛頓召開的太平洋會議上，我國代表據理力爭，迫使日本簽訂了《解決山東懸案條約》，規定日本將侵佔的膠州德國舊租地交還給中國。次年冬，在正式交還青島和膠濟鐵路之前，日本以重金收買孫百萬等人，要孫將隊伍預先埋伏於青島某地，等待

移交簽約時間一到，便開始射擊，造成大亂，日方就藉故不簽字，以達到繼續霸佔青島之目的。刁步雲得知這一消息，大吃一驚，便對孫百萬曉以民族大義，終於使孫百萬下定決心，寧招殺身之禍，也決不做民族的罪人。刁步雲進而幫助孫百萬想出一個將計就計的對策：在中日雙方正式交接之前，孫百萬謁見了山東省長兼膠澳督辦熊炳琦，揭露了日本的陰謀，表明了自己的態度。熊當即口頭嘉獎並答應招編後予以優厚的待遇。當雙方交接儀式開始時，孫百萬預先埋伏的隊伍按兵不動，只待儀式結束，才打了一陣亂槍應付了事。青島市秩序井然，日本帝國主義的罪惡陰謀破產了。

在濟南的王翔千得知他的學生幹了一件大事，非常高興。刁步雲趁孫百萬改編之機，奔赴濟南，經王翔千和黨的一大代表王盡美介紹，於 1923 年 10 月加入社會主義青年團，翌年轉入中國共產黨。1924 年，廣州黃埔陸軍軍官學校成立，由王翔千、王樂平推薦，刁步雲從濟南先去上海，與李仙洲、王叔銘、李玉堂、李延年、李展春、項傳遠、何子雲等人一起到上海，經考試錄取後，乘船到廣州黃埔陸軍軍官學校報到，成為第一期學員。學習期間，刁步雲吃苦耐勞，潛心攻讀，成績斐然。12 月結業，一期學生編為黃埔陸軍軍官學校教導第一團、第二團，刁步雲任教導一團某連長。

其時，陳炯明叛軍正逃據東江、惠州一帶，惠州城三面環水，當時在軍事上有所謂「天生重慶府，鐵鑄惠州城」之說。叛軍想倚仗天險，負隅頑抗。黃埔學生教導一團於 1925 年 2 月開始東進惠州，在彭於臣帶領下，並由 105 人組成敢死隊，刁步雲應選加入並任隊長。

2 月 11 日，革命軍屯兵城下，多次攻城激戰，屢屢受挫。刁步雲便親自擬攻城計劃，再次組織突擊。12 日拂曉，刁步雲率敢死隊衝抵河濱，待攻城炮聲一響，他率先奮勇衝鋒。眾人鑒於前幾次失敗，時值城上敵兵又齊向軍校兵士密集射擊，大都畏縮不前。危急時刻，刁步雲振臂高呼：「養兵千日，用在一朝，名為敢死，臨陣退縮，不怕戰死者笑我們嗎？」急奪一士兵攻城雲梯，冒著槍林彈雨往前直衝。眾人受其激勵，踴躍向前。這時，城上敵軍火力更加密集，刁步雲衝至距城牆數十步時，不幸中彈倒地。他竭盡全力，豎

雲梯於城下，大呼：登城！一邊奮力還擊。城上敵軍指揮官被其擊
斃。敵軍失去指揮，秩序大亂。敢死隊員奮勇攀登，喊殺聲震天動
地。刁步雲帶傷攀至城牆，卻被守敵殘忍地砍斷手指，墮於城下。
戰友數人慾扶他退入後方，而步雲拒絕並激動高喊：「敵失指揮，全
軍已亂，成敗生死，決定於剎那之間。不要管我，趕快登城啊！」
他身臥血泊中，目送戰友登城殺賊，終因流血過多，犧牲於陣地上，
年僅 26 歲。

　　（作者係山東省諸城市原史志辦公室編輯）〔註19〕

　　時國民黨的領導人的蔣介石也曾在《第一期黃埔軍校同學錄序》中悼念
過淡水起義，也提到過刁步雲烈士。

　　可見「陶補雲」與刁步雲比較符合，連犧牲於淡水戰役都是確實的。而
以其兄為原型的「陶祥雲」則與刁祥雲反差很大，基本是虛構成分居多。小
說裏寫陶補雲與陶祥雲是「黑黑高高，結結實實的兩條漢子。」而在相州老
人的回憶裏刁祥雲是小個子，外號「小耗子」，槍法特准，混入土匪隊伍，
後來不知何因被殺，頭被懸在牌坊上。泥瓦匠刁鳳奎家（小說裏陶鳳魁）家
裏有十七個兒子，是誇大，其實是只有七個，目前，刁家後人仍住在相州
街。

　　中共早期領導人吳慧銘：

　　　　《旋風》開端寫了一位山東早期的共產黨領導人「史慎之」：

　　　　　　史慎之到達之後，方祥千是興奮而又忙碌。他認為過去這一段，
　　　　工作不能展開，完全因為缺少領導的緣故。你看人家史慎之，理論
　　　　多麼豐富，處事多麼敏捷，信心多麼堅強。這以後，組織的發展，
　　　　行動的推進，總不會再像以前那樣的碌碌無所表現了。他再三交代
　　　　他的青年朋友們，要誠心誠意接受史慎之的領導，不如此便無辦法。
　　　　大家唯唯而已。尹盡美卻私下對方祥千提出他個人的看法。

　　　　　　「六爺，你看史慎之這個人像是個鬧革命的嗎？他穿的是團花
　　　　馬褂，緞蛙絲襪，吸的是老砲臺香煙。一張臉兒白白的，好像還抹
　　　　著粉。我看，他一定是抹粉的，到明兒倒要仔細瞧瞧。」〔註20〕

〔註19〕百度和網頁 http://story.zcinfo.net/article/showwzarticle.asp?id=5834，諸城故事，
　　　　2010.12.3。
〔註20〕見姜貴《旋風》，臺灣九歌出版社，2009 年增版，38 頁。

　　果然不出尹盡美（王盡美原型）所料，其後，小說用較長的篇幅寫了這位史慎之留戀於煙花女子，錢財怎麼也不夠花，為籌措款項慫恿董銀明（鄧恩銘原型）回家偷錢，間接害死了家裏的老傭人大滿，去方通三（王統照原型）家敲詐，最後落在董銀明父親手裏，以敲詐銀行的罪名被處死。

　　這個「史慎之」也是有人物原型的，就是中共山東早期領導人吳慧銘。王辯、王希堅六兄妹寫的《回憶我們的父親王翔千》中曾提到：「這年冬天，發生了一件意外的事情。有一個黨中央派來幫助工作的吳慧銘，是南方人，他拿了一張共產黨的傳單到銀行敲詐，因此被捕了。後來虧得法官是他的南方同鄉，從輕只判了一年半徒刑，這就是轟動一時的吳慧銘事件。」

　　關於吳慧銘到山東工作的詳細情況，與他一起共事的中共山東早期學會領導人馬克先在《濟南建黨後初期活動片斷》（馬克先口述，董天佳整理，192～196頁）也有明確回憶：

　　　　我在王樂平那裡，看見進進出出的多是穿長袍馬褂，挂文明棍兒的一些人物，心中頗不以為然。回來時，我對王用章說：「王樂平那裡有那麼多穿長袍馬褂，挂文明棍兒的闊人出出進進，我看這些人活像『高等流氓』」。王用章把我這話傳給了王樂平。過了沒幾天，接到張國燾自京來信，嚴責我說話失體，說王樂平得知我指責那些出入俱樂部的人，很不高興，寫信告訴陳獨秀說我妨礙「國共合作」。就因為這，張國燾給我撤出代理書記的處分，另委我領導S.Y.。同時派吳容滄來濟南。這是一九二二年十一月裏的事。

　　　　吳容滄，又叫吳慧銘、魏銘，浙江人，原是北大第三院旁聽生。他生性活潑，愛好文藝。

　　　　在濟南，他和育英中學的兩位黨員學生搞話劇，還在正誼中學指導戲劇，對兩校學生頗有吸引力，他本人也扮演女角。因他的提倡，正誼、育英兩校話劇、一師的音樂在濟南名噪一時。通過這些活動，和各校進步青年聯絡，黨的事業逐漸發展起來。

　　　　當時的工作條件非常艱苦，所有的辦公用具就是一部油印機，一支鐵筆、一隻手提箱，一塊鋼板和幾筒蠟紙，其餘的除了報紙就是個人生活用品了。真可稱得起「簡陋」二字，冬天也升不起火爐。記得有一次大雪天氣，我和吳容滄在屋內辦公，刻鋼板印宣傳品，手都凍麻木了，只好一邊往手上哈哈氣搓搓手，一邊幹。後來在外

邊茶爐上打了一壺開水，彼此在壺上捂著，藉此暖和。這個辦公地點在當時的鵲華橋西街。

吳容滄為了和一個姓李的船工聯絡感情，逛大明湖坐船比別人多給一倍的錢。那姓李的請他喝酒，撈蝦烹蝦仁，吳容滄借機瞭解工人的苦況。他聯絡了好多船工，到他們家裏去，宣傳共產黨的道理，使他們瞭解共產黨，支持共產黨。並計劃成立大明湖船工工會。工作已經有了眉目。

吳容滄到濟後在一所鐵路小學教書，他很能花錢，當時黨的活動經費很困難，很難滿足他。有一次，因他在濟欠帳很多，實在想不出辦法，我就寫信給張國燾，代吳請款。我寫道：「吳容滄在濟遊歷，發現的東西不少，只是生活上有困難，負債累累，此間告貸無門，望見信速行設法，以濟燃眉之急。」張國燾回信說：「吳的遊歷費即行設法彙寄。」

　　……

一九二四年一月初，我在大布政司街口上見到王用章，他告訴我，吳容滄被逮捕了，王用章正通知其他同志離開濟南躲避一下，他把那裡的文件幾乎全部燒光，也準備走。

那時，學校就要放寒假了，我就回了北京。……寒假過後，我回到了濟南，聽說吳容滄已經被釋放了出來，離開了濟南。這時，由吳案造成的緊張氣氛緩和下來，黨組織又恢復活動。〔註21〕

黨史人物關於吳容滄（192頁），是如此介紹的：

吳容滄，浙江杭州市人，在北京大學參加工讀互助團，是北京馬克斯學說研究會的發起人之一，1920年11月北京社會主義青年團成立不久，即與何孟雄等人參加了團組織，後來轉為黨員。1921年1月，北京共產主義小組在長辛店成立勞動補習學校。

吳容滄擔任教員，後又成為勞動補習學校的負責人。羅章龍在《椿園載記》中說：吳容滄「堅持在長辛店勞動補習學校當教員，參加了許多次鬥爭，既勇敢又機智，能吃苦耐勞，是黨員。」1921年5月，長辛店工人第一次紀念「五一」勞動節集會並舉行大遊行，

〔註21〕見《山東黨史資料》，中共山東省委黨史資料徵集研究委員會編，1982年，3期，192～196頁。

當游擊隊伍到達火車站時，吳容滄將手中的大旗插到了南去的火車頭上，並讓司機負責傳遞到江岸。1921 年夏，北京黨組織創辦了《工人週刊》，該刊附設了北京勞動通訊社吳容滄被聘為勞動通訊社編輯委員會委員。

1922 年 11 月，中共中央派吳容滄到山東從事黨的領導工作，代理中共濟南支部書記，1923 年 10 月，中共濟南地委成立，王盡美任委員長，吳容滄擔任中共中央特派員兼第一組長。他以鐵路扶輪學校教員為掩護，同王盡美等積極開展工人運動，建立了膠濟鐵路工會、濟南理髮工會等。

1924 年 1 月 3 日，為解決經費不足問題，到濟南通惠銀行詐錢而被捕入獄。審訊中否認是共產黨員，法院判詐錢行為是青年人一時衝動。不久，被保釋出獄，離開山東。其他不詳。〔註22〕

從這些當事人的介紹中，可以看出，「史慎之」基本是以吳慧銘為原型的，尤其是派到山東擔任領導人，後來敲詐銀行這些細節等都高度寫實。只是，與前面兩位相比，演義比較多，當事人都證明是他很快釋放，馬克先說的是年前年後，所以，王翔千兒女說的「一年半」這個時間段是比較確實的，而姜貴小說中被處以砍頭則顯然是文學虛構了。至於他留戀煙花巷的姑娘，那可能是姜貴自己的經歷加到他身上了，至於他缺錢也是顯然的，以至於都驚動黨中央，需要當時的中共最高領導人張國燾出面籌措的地步了。而敲詐董銀明等則可以確定是虛構，因為董並沒有一個有錢的父親，其時，也被張國燾開除出黨了。值得指出的是，姜貴對其他人物都用了他們本名的諧音，唯獨吳慧銘完全更名「史慎之」，顯然是起驚醒的意味，只是這是警示誰呢？史慎之是共產黨的人，這裡顯然是警示共產黨的，而姜貴則是在臺灣的國民黨的人，所以，姜貴的小說立場是很值得玩味的，與他美化兩位中共一大代表有一脈相通之處。

兩部小說裏的人物脈絡與中共黨史書籍裏的真實人物的記載有的多是吻合的，也有有些出入的，本文結合最新發掘的歷史資料作一些辨析，小說裏的某些人物的事蹟甚至比歷史記載還要真實。因此他們可以互為補證地為我們更準確地認識、理解歷史與人物提供多重鏡象。

〔註22〕見《山東黨史資料》，中共山東省委黨史資料徵集研究委員會編，1982 年，3 期，192 頁。

　　小說到底不是歷史，完全的真實也是沒必要也不可行的，作為預言小說，姜貴非凡的遠見及預測能力可以得到肯定。但作為研究，鑒於小說人物又多用了諧音，因此考據辨析一下也是必要的，有助於我們更深刻地瞭解歷史、理解文學。

# 第六節　一些重要歷史事件的辨析：兼論姜貴的敘事藝術

　　姜貴的《旋風》不但人物有原型，所涉及的一些歷史事件也有「原型」，基本是以一些重要的歷史事件為依據創作的，除前面單節論述的已經核實的重大人物事件外，這裡再把一些前文未述及的事件做一些考證補充。

## 1. 王培蘭為父報仇事件

　　《旋風》裏曾對極具傳奇色彩的方培蘭殺「邢二虎」事件細加描寫，是實有事件。而小說的重要主人公「方培蘭」也只有這段故事是寫實的，小說後面的故事則基本是虛構，因此，也可以看出姜貴的敘事藝術。

　　這件事比當地發生過的眾多重大歷史事件更讓老百姓津津樂道，廣為流傳。甚至編成了順口溜，真實事件的主角就是「方培蘭」的原型王培蘭，「邢二虎」則叫生二，其弟叫生三，是姓生，排行二、三，（在諸城當地話裏，生與邢諧音）。筆者到相州，一位六十多歲的老人馬上就能順口背出來：「快做飯，快做飯，吃了飯上巴山，捉不著生二捉生三，捉了生二用炮磬，捉了生三用刀鏃」。這件民間復仇的故事不但在群眾中廣為流傳，而且王辯在回憶文章裏也專門提到，那時她還是個孩子。令人匪夷所思的是諸城文史資料裏也把它與許多重大歷史事件一併選入，作為重大事件來記述。這也是唯一從文史資料裏發現的關於王培蘭的事蹟記載，兩者略有出入，因此分別輯錄如下，以便讀者瞭解事件全貌：

　　《諸城文史集粹》中，張鑒平、陳運海、劉維成的《丙辰獨立在巴山》一文對此事有詳盡描述：

> 民國五年（農曆丙辰）春，中華革命軍的馬海龍、劉春陽等，借來諸城獨立之機，來到昌城鎮最北端的王家巴山村，解散了地主武裝，嚴懲了害民惡霸，給封建勢力以沉重打擊。此舉大快人心，深為當地群眾所稱道。

　　1926 年農曆四月十五日傍晚，突然有十餘奇兵和近百人的便衣隊，從相州方向過了濰河，直奔王家巴山而來。這個有名的封建堡壘，自民國三年後樓地主王家被搶之後，大小地主幾十家皆如驚弓之鳥，很快便聯合起來，招募了六七十名鄉勇，組建了一支地主武裝，在村周圍的圩子門上晝夜站崗防守。當發現大隊人馬前來，鄉勇們迅即做好了戰鬥準備。雙方交戰片刻，南圩子門被用小炮炸開，民軍一湧而入，鄉勇四散潰逃。民軍進村後，收繳了鄉勇的 46 支槍，放火燒掉了南樓地主王延齡家和王植嘉家的 30 多間房屋，燒死一匹海青騾子，還搶去地主「傳經堂」家的一部分錢財。第二天，又從諸城來了數騎，進村後急忙搜尋一個名叫「生二」的人，當得悉生二北逃的消息後，即跟蹤追捕，終於在濰河以西，相距不遠的大沽縣村捉到了他。

　　生二何許人也？此人姓生，排行二，祖居王家巴山，在村裏任鄉約，論職務，無非是幹些跑腿、送信、崔捐之類的事。但其人奸詐習鑽，仗勢欺人，敲詐勒索，橫行鄉里，人皆側目而視，一般百姓無人敢直呼其名。有一年，劉佃順的父母為生活所迫，做麵食，賣火燒，生二敲詐無門，偶見其院內有一株罌粟，即以種植毒品違反禁令為由，肆意勒索，致使劉家瀕臨破產。後來生二斂財致富，竟至當上了練總（全縣分三十三個練，相當於現在的鄉鎮），從此更加橫行無忌，經常手提畫眉鳥籠，騎著大紅馬，招搖過市，無人敢惹，誰要觸犯，輕則遭辱罵毆打，重則傾家蕩產，成為一條人人痛恨的「地頭蛇」。

　　民國初年，諸城西鄉一個被官府稱為「土匪」綽號的叫「石灰窯」的人，偕同他的外甥來到巴山。生二久聞「石灰窯」的大名，知其膂力過人，武功超群，經常到大地主家架票勒贖，便心生一計，想利用「石灰窯」為其支撐門面。開始先把石灰窯安置他家的西屋裏，後來為其找了兩間閒屋，生二殷勤招待，優禮有加，「石灰窯」自然不會白吃，亦給以一些回報。這樣以來，生二更加有恃無恐，肆無忌憚。一天，生二借酒助興，提議綁架前樓少爺王群，想搞他一筆錢財，此事當即被「石灰窯」拒絕，他說：「兔子不吃窩邊草，

我住在巴山，決不幹這事，要幹你自己幹！」生二見「石灰窯」不從，妒心頓起，更怕「石灰窯」將他的陰謀洩露，於是便想尋機把他除掉。

事隔不久，民國三年，農曆五月初六日下午，從村南來了十幾個人和一輛大車，來人都身披蓑衣，手執鐮刀，像是雇給人割小麥的。來到先住進崔家店，黃昏時分，他們直撲後樓。此時的巴山聞名遐邇，只有名的地主就有「八大家」、「八小家」，前後樓更是名列前茅。後樓有土地一百頃（一頃老畝一百畝），可為家值萬貫。但人丁不旺，老太太寡居多年，兒子夭亡，三個姑娘均出了嫁，只有一些傭人與其作伴。來人進門後，一頓亂槍，打死一女傭，老太太右胸中彈，傷勢嚴重。他們翻箱倒櫃，盡情收拾，一會兒元寶、銀元裝滿大車，然後趁夜色揚長而去。後丙辰年諸城獨立，馬海龍部下一個叫宋小三的住在巴山，他是相州鎮前蓮池村人，據他透露，搶後樓之事繫馬海龍等關外「紅鬍子」所為。

搶後樓事件之後，生二便先發制人，到官府告發了「石灰窯」。「石灰窯」其人早已被官府通緝多年，自清末以來，他搶劫富豪，抵制官府，繳洋鬼子的槍，成為縣官的心腹大患。接到生二的告發，自然求之不得。官府授計生二，讓他設法穩住「石灰窯」。那些日子，生二格外殷勤，又送酒肉，又送大煙，「石灰窯」不知是計，還以為生二熱情好客。一天深夜，縣署派了眾多衙役突襲「石灰窯」住處，「石灰窯」毫無準備，束手就擒，其外甥張文海身挨一刀，僥倖脫身。「石灰窯」被押解到城裏，嚴刑審訊，始終沒有招認。自後樓被搶，前樓王延齡（與後樓是兄弟）即懷疑生二，及至審訊「石灰窯」沒有結果，更認為是生二無疑，於是便告發了生二。生二的本事再大，也鬥不過前樓。審訊中，他又誣告了相州街的王學堯。王是一個「坡頭」，負責諸城、高密、安丘三縣交界處的看坡，手下有一部分力量，人稱王四爺，外號「四臘棍」。生二深知王學堯是他在諸城北鄉稱霸的障礙，原想置於死地恨無機會，次時便一口咬定搶後樓與王學堯有關。縣府去逮捕王學堯，王抗拒逮捕，自刎而死。因搶後樓一案始終未結，生二一直羈押獄中。

「石灰窯」的外甥張文海和王學堯的兒子王培蘭見親人被害，官府又緝捕甚緊，在家鄉無法久留，乃合夥去東北，投奔了那裡幹「紅鬍子」的王聚臣（王學堯的五弟）。他們在那裡參加了中華革命軍東北軍馬海龍部，後來分別當了營、連長。民國五年農曆四月初三攻克濰縣，打敗張樹元部（袁世凱軍隊頭領）後，接受了來諸城反袁獨立的任務。

四月四月十六日他們二人來到諸城後，先到縣署監獄提取生二，不料先來的部隊已破獄釋囚，生二亦被釋出獄。他倆人為親人報仇心切，當即帶上短槍騎上馬飛馳而去。生二被釋後，急忙回家，正與接替他幹鄉約的李忠信在飲酒，突聞有人進村要捉他，已知不好，急與李忠信向北逃竄，過河到了大古縣村，李說天氣炎熱，不如先到村裏我姐姐家暫躲一躲，聽聽風聲再說。生二同意，兩人進了村。王培蘭和張文海一進巴山南門，正遇上生二的弟弟生三，隨從他們來的人開槍把生三打死。王培蘭說生三是給地主家做飯的，不關他事，不該打死他。不一會，兩人追蹤到大古縣村前。李忠信安置好生二就返回巴山，剛出村正碰上他們二人，因早就相識，王、張追問生二的下落。這時圍觀的人漸多，人喊馬嘶之聲充斥村頭巷尾。

坐立不安的生二，聽到外面人聲嘈雜，知事情不妙，想翻越東牆逃跑，恰巧東鄰就是王培蘭的外祖父家。正當王培蘭進門探望舅父之際，生二剛剛越牆而來。仇人相見分外眼紅。王、張二人立即將生二捉住，捆綁結實，拴在馬上，直奔相州而去。

相州是王培蘭的家，他們先押著生二遊了街，次日黃昏時分，把生二帶到相州西南舍林。明告生二，你作惡多端，今天就是你應得的下場。然後將生二殺死，又挖了心。王培蘭用生二的心在其父的墓前進行了祭奠。最後，他們又將生二的頭顱掛到了王家巴山的東圩子門上，全村人見了，莫不揚眉吐氣，拍手稱快。

（注：「石灰窯」本名丁全增，諸城市賈悅鎮王莊村人，1879（光緒五年）生，因自幼奢食「石崗」（黏性灰白黏土），腹部漸大，隨得綽號「石灰窯」。此人生性豪爽，常劫富濟貧，為群眾所

擁護。後官府誣為「土匪」，於 1914 年（民國三年）在諸城城裏被殺害。）〔註23〕

黃秀珍（即王辯）在《給文史資料委員會的信》中也提到了這件事：

（三）關於二次革命在諸城

那次我還是小學學生，有一天晚上，家裏人帶我到佃農杜家躲難，不斷有人來報告「南油房」搶了，放火燒了等。後來冉香閣的二爺爺一家也來了，共同找了兩輛二把手車子，讓佃農推著，逃到了相州的一個衛星村一個姓董的家裏躲了幾天。這時麥子快熟了，青杏也長得很大了。路上看見遠處起火，據說是巴山出了事。相州這個中學，有一半資產是巴山捐的，後來巴山又分了回去，相州便只剩了完小。巴山也是相州王家的一族，大地主，主人怕綁票，長年住在北京、天津等地。等過了幾天回到相州家之後，便聽到有這樣一個歌謠：「吃了飯，上巴山，拿不著生二拿生三……」「生二」是巴山地主的管事人，對待佃農和窮人很兇惡，所以都恨他。有一年土匪去綁票，還打傷了也不知是打死了一位老太太。「生二」就說是相州有個姓王的「四爺」做的案子，告到城裏，發兵來包圍了「四爺」的家，又要澆火油燒房子，逼得「四爺」自殺未遂，跑出屋外被捕，被抬到城裏去。「四爺」是幹了些通匪、販賣人口、販運槍支的事不錯，連兒媳婦也是從拐賣的婦女裏挑下的。但他宣言，兔子不吃窩邊草，從來不禍害姓王的，這次是否生二誣告他也不可知。到了第二次革命時（不知是否吳大洲也在內的那一次），「四爺」在關外做紅鬍子的弟弟「五爺」帶領人馬回來給哥哥報仇，我們逃難時路上看見巴山的大火，就是「五爺」他們去捉生二放的。在巴山沒捉到「生二」，就把「生三」捉起來，投入火裏，還問他覺著冤不怨。「生三」說：「不怨，我哥哥若是得了好處，我不是也一樣沾光嗎？」這只復仇的隊伍正撤出村外，後頭有個小放牛的就指著說，那處麥地裏有個人剛站起來趴下了，就上前搜索，誰知恰好就是「生二」。「五爺」把「生二」給他哥哥祭了墳，當扒出心肝擺在供桌上時，他哭死過去好大一會工夫……「四爺」的兒子叫大忠（即王培蘭），有個

〔註23〕《諸城文史集粹》，諸城市政協學宣文史委員會編，2001 年版，濰坊市新聞出版局准印證（2001）第 003 號，65～69 頁。

女孩叫王玉娟，還在相州小學上過學，比我低好幾個年級。

這一個傳奇性很強的故事，多年來深深印在我的記憶裏，寫出來供參考。因為精力不繼，提筆忘字等原因，寫的不好，請勿見笑。

黃秀珍 1983 年 12 月 4 日〔註24〕

《旋風》裏面也對此精細描寫，是小說最具民間傳奇性的情節之一，也是敘寫主人公「方培蘭」的重要契機，只是把事件發生的地點做了更改，姜貴把「巴山」（也是距相州很近的村莊，主要是王家族人，兩支合辦相州王氏私立小學，著名導演崔嵬即是巴山人）置換成「韓王墜」也是姜貴對家鄉古蹟的一種追懷與思念），姜貴小說裏與他們的描述也大致不差，其中的張文海很可能就是《旋風》裏許大海的原型，但生活中王培蘭沒有招過徒弟。

王培蘭的其他事蹟則在王辯或其他文史資料裏完全沒有提及。筆者在當地的走訪，王培蘭是個有威望的百姓不假，但筆者查遍諸城所有的文史資料，沒有見到任何他與王翔千合作開展黨的活動事。如果有的話，在共產政府的體制下，正是可以大加宣揚的事，完全沒有必要遮掩迴避，抗戰當中，許多當事人的回憶也沒有任何人提到此。只是抗戰時期，有只高密的部隊進駐到諸城來，營長叫蔡晉康，王翔千的兒子王希堅、女兒王績等都曾參加過，但很快發生了分裂。文史資料裏有王希堅的回憶文章，可以瞭解當時的情況。王志堅有姐妹三人，無人曾嫁給當地駐軍。

所以關於「方培蘭」與「方祥千」組織「旋風」縱隊之事則基本是作者的文學虛構。王培蘭只有兩個兒子，小說裏說他生了十個孩子也是誇大，他是在相州老家終老去世，現在老人能記得他的還說「培蘭大爺是個好人」。如果他在偏僻小村，或許也能算上個人物，但在豪門巨戶林立的相州，他也就是個尋常的普通百姓了。

### 2. 《旋風》裏有一段兄弟叛變並被擊斃事件

自然，他也有痛快的事情。第一件是汪大泉汪二泉弟兄兩個自首以後，做眼線，捕去了許多舊日的同黨，把辛苦建立的一點小根基幾乎連根都給拔了。這一回，汪二泉卻遇到了徹底的報復。他在 C 島一家鞋店裏正在選購一雙鞋子的時候，被人用手鎗暗殺，當場身死。二泉死後，大泉為了安全關係，被調到西北方面工作去了。

〔註24〕《諸城文史資料》，第一至七輯（合訂本），中國人民政治協商會議諸城市委員會，文史資料研究委員會編，1987 年 12 月，163～164 頁。

　　這一段也是真實的歷史事件的藝術描寫，就是當時著名的周恩來的警衛員張英青島除奸的故事，發生在 1929 年。叛徒「汪二泉」的原型是王復元，「汪大泉」的原型是王用章，「二王」變節是山東黨史上的大事，曾給共產黨山東省委帶來極大破壞，當時山東省委書記劉謙初夫婦、一大代表鄧恩銘等均被其出賣被捕。中央特派周恩來的警衛員張英前來才把王復元槍斃，連槍斃的地點青島某鞋店都是真實的地點。「汪大泉」即王用章，解放後被逮捕，死於濟南監獄。與「二王」熟悉的黨員都被緊急轉移，王翔千也因此躲避到相州老家，裝瘋賣傻了一段時間。《旋風》裏「董銀明」原型鄧恩銘在叛徒庇護與父親斡旋之下沒有被捕是與歷史真實不符的，他在這次大搜捕中沒能幸免。

　　諸城屬山東沿海地區，當地人愛好吃大蒜，基本是用蒜臼子搗成蒜泥，根據個人喜好，再加上各種調料調合而成，蒜臼子幾乎是家家戶戶必備之器具。大蒜能殺菌消毒，有利健康，據說這也是山東腫瘤病患者較少的原因之一。姜貴的《旋風》，尤其是前半部分，基本上是既有真實人物，又有真實事件，好多又難以去一一對應，因此，就如蒜泥，把蒜搗碎搗爛後，肉與汁都在其中，又攪合到一起，難以分辨，卻又都在其中。蒜味難聞，但蒜有抗病消炎的功能，不知姜貴這部中國版的《一九八四》政治預言小說是否也如蒜泥，也有此番功能？

# 第五章　王家知識分子與現代中國革命

## 第一節　翻譯歌德，還是翻譯馬克思：知識分子的西方價值取向

姜貴的《旋風》是寫二十世紀知識分子與中國革命的一部重要小說，小說開端就生動描寫過知識分子的價值取向問題：

> 方通三的書齋相當講究，一壁原板西書，一壁線裝古書，北窗之下排列著盆菊，寫字桌放在向南的窗下。屋子當中放一塊小地毯，有一張小圓桌，配著四把椅。寒喧落坐之後，方祥千問道：
>
> 「老三，你近來忙些什麼呀？」
>
> 「我在翻譯莎士比亞」，方通三讓一支哈德門香煙給方祥千，「我們到現在還沒有人翻譯莎士比亞的全集，我想做做看」。
>
> 「這倒是一件大事。我真佩服你這種堅苦的精神！我看過你的長篇小說春雷，那實在是扛鼎一樣的賣力的大著。」
>
> ……
>
> 「六哥，其實你應當做文學，你做文學一定會有成就。你是學德文的，你可以翻譯歌德。」
>
> ……
>
> 方祥千簡直有點氣了。他連車也不坐，腳步越走越重，越快。眼鏡滑到了鼻頭上。他想：
>
> 「有錢的人，這等可惡，真的非共產不可了！」

他揚起拳頭來，向空捶了兩下。他想：「是的。共產，共產，一定要共產！」

這一會，他就不再憂愁，也不再猶豫。跑回住處去，打開皮箱，取出了他的紫羔皮袍。他想，這以後還穿什麼皮袍呢！賣了皮袍，幹他娘的！

在西門大街一家相熟的皮貨店裏，祇消三言兩語，方祥千賣掉了他的皮袍。照他所希望，店主人給了一百元。方祥千興興頭頭地去找到尹盡美，給了他五十元，指定以三十元買一輛自行車，二十元零用，那意思就是活動費。又給了汪大泉兄弟二人每人二十元，教他們積極工作，擴展分子。於是他很滿足地回到學校去。他想：

「你教我譯歌德嗎？別做夢了！我這就要譯馬克斯了！」

這一夜，他睡得很寧靜。〔註1〕

在二十世紀初那樣的時代背景下，中國的知識分子似乎都面臨這樣的選擇，「翻譯歌德」意味著做知識分子的本職工作，做學問搞研究，而「翻譯馬克思」則意味著投身政治，這似乎是那個內憂外患、國難當頭的時代知識分子必然面臨的選擇，「方祥千」與「方通三」基本代表了當時知識分子的兩大類型與兩大抉擇。後來的歷史事實證明，當時大多數的知識分子如方祥千選擇了馬克思，投身了政治，他們走出書齋，擁抱馬克思後，中國有了轟轟烈烈的共產革命運動，並在 1949 年取得了勝利；也有如「方通三」那樣留守學業的，也因此有了現代文學藝術的空前繁榮，但不管選擇政治還是文學，有一點是共同的：那就是向西方！西方成了中國現代知識分子共同的價值取向與借鑒樣板，後來一個時期，選擇馬克思的知識分子也如方祥千那樣，對留守學業的類型的知識分子充滿鄙夷與不屑，但歷史的發展證明，沒有那個時期一部分知識分子的留守，中國不會出現繁榮的現代文學藝術，無論選擇政治還是選擇學識，都是知識分子追求理想的表現。他們對現代中國同樣都有著巨大貢獻。

在二十世紀時代轉型、國難當頭的時刻，中國知識分子譜寫了極其悲壯的一頁，為拯救多災多難的國家民族做出了巨大的犧牲奉獻。這是與中國傳統知識分子憂國憂民、強烈的政治熱情與家國責任一脈相承的，是現代知識分子在新時代的繼承與弘揚。可以說，與中國歷史上的任何一個時代相比，

〔註1〕見姜貴《旋風》，臺灣九歌出版社，2009 年增版，28～31 頁。

現代知識分子承擔了最為巨大、艱難的歷史使命，也付出了最為悲壯與慘痛的代價與犧牲，為中國歷史留下了永恆的篇章。

## 第二節　封建傳統意識基礎上的現代思想追求

　　現代知識分子無論是翻譯歌德還是翻譯馬克思的一面倒的面向西方的價值取向，卻沒有意識到他們自己是在根深蒂固的中國封建傳統意識中成長起來的個體與心靈。這使得中國現代知識分子的現代思想追求在封建傳統意識中徘徊循環不已，這也折射出中國現代性的艱難與複雜。

　　《旋風》早期熱烈投身共產的主人公「方祥千」就是山東共產黨的創始人之一王翔千為原型的。而「方通三」的原型則是著名作家王統照，小說基本屬紀實文學。共產革命的急先鋒王翔千本人就難以擺脫自身的封建意識侷限，這幾乎是那個時代在傳統文化中成長起來的中國知識分子的都難以突破的困境與侷限。

　　據王翔千的家人講，王家本是一個封建積習深厚的家族，王翔千本人儘管是非常開明，突破禁忌讓女兒讀書，但仍然難以擺脫深厚的封建意識積習，仍然重男輕女。據他後人講大女兒王辯，之所以叫辯，是「變」的意思，希望她「變」成個男的，另一女兒本名王滿，是覺得女兒太多了，已經滿了，還有個女兒就王擠，是「擠」的意思，總而言之，是女兒太多了，盼望兒子。在王家女兒都不能跟著排輩，只有兒子才可以。王翔千的妻子與女兒都不能與家中男士同桌吃飯，姜貴的原配太太跟娘家人講，王家家法嚴，剛過門的媳婦要跪著伺候婆婆抽大煙。

　　王翔千如此，那個時代受到更多現代意識薰陶的年輕人也是如此，姜貴《旋風》《重陽》是高度的現實主義作品，基本是在紀實的基礎上的小說敘寫，是典型的時代鏡子。

　　《重陽》朱廣濟夫人舒冬梅也是留學日本的新女性，然而她對於婚姻仍是傳統的：

　　　　在自由選擇的機會之下，她終於嫁給了朱廣濟，原為說不出的
　　一點苦衷……從一而終的觀念，是她從未懷疑過的。〔註2〕

---

〔註2〕見姜貴《重陽》，臺灣皇冠出版社，1973年版，349頁。

《旋風》中方祥千在「旋風」縱隊成立儀式上的講話：

> 「我們今天是成則為王，敗者為寇。」他開始了他的演說……
>
> 「莊子有句話，說得最好：竊鉤者誅，竊國者侯。我們今天所做的正是竊國的事業。我特別保證，今天在座諸同志，將來都有封侯的希望。」〔註3〕

這些並非只是小說的虛構，查看歷史人物資料，那個時期基本就是這樣的。這裡實在難以看到「共產主義」新的思想觀念的誕生與指導，聽到的全是封建主義深厚的思想源泉，效法的是「黃巢李闖張獻忠這些人」農民起義領袖的精神，無一能擺脫封建傳承。小說檢閱部隊的地點是「東嶽廟」，無論是精神上，還是環境上，處處看到的裹著共產主義外衣的封建內核。

即便是所謂的正在從事共產事業的幹部許大海，在他眼裏的師傅方培蘭與方祥千也不是什麼新的思想或新式生活的人，即使是站在所謂的黨的立場上，也不過是：

> 從黨的見地和革命的立場，他認為師傅不過是一個封建武士式的大流氓，方祥千是一個偽裝革命的開明地主，而康子健則地地道道的是一個地主資產階級的看家狗！

而他與師傅的關係更是一種地道的封建師徒關係：

> 大徒弟的地位，是相當於皇帝跟前的太子的，將來要傳給他衣缽。方培蘭的確有著「封建武士」那樣的慷慨熱情和厚道，他對於提拔徒弟（尤其是大徒弟）是不遺餘力的。

而他們所理解的共產主義是這樣的：

> 方祥千凝神傾聽了他的話，笑笑，乾一杯酒。說道：
>
> 「你說的是。你不說我也知道你的痛苦。這種痛苦不是你一個人所有的，實在是大多數人所共有的。有這種社會制度和家庭制度，人就必然有這種痛苦。這是沒有辦法的。一個人如果要想免除這種痛苦，不是頭痛醫頭，腳痛醫腳的事。而必須對現在這種社會和家庭制度，來一個澈底的革命才行。」
>
> 「辛亥年，我們革命了。丙辰年，我們二次又革命了。有什麼好處？還不是老樣子！」方培蘭搖著頭說。

---

〔註3〕見姜貴《重陽》，臺灣皇冠出版社，1973年版，349頁。

「不，我說的不是那種革命。那種革命是政治革命，或者說，並不是革命，而是換朝代。我說的是一種社會革命。連根到底把這簡舊社會加以澈底摧毀，按照理想，從頭另建一個新社會的大革命。」

「這個倒新鮮，六叔，你講講我聽。這個新社會，是個什麼模樣？做這麼一新社會的老百姓，比當牛馬強多少？是不是活著準比死好？」高粱酒灌得太多，方培蘭很有點醉了。

於是方祥千把社會革命的意義，簡單講給方培蘭聽。他以俄國為例，把十月革命以後的俄國說得完全像天堂。其實俄國革命後的情形，方祥千並不知道，他祇是照他自己的理想，順口以描繪而已。他說：

俄國經過十月革命以後，社會革命成功了。大家做工，大家種田，大家吃飯，大家一律平等，大家都有自由。結婚自由，離婚自由。老婆不如心，馬上離掉，再換新的。國家設有育兒院，孩子養下來，往育兒院裏一送，你就不用管了，一點也不牽累你！病了，國家設有醫院，免費替你醫治。老了，國家有養老院，給你養老送終。總之，人家俄國是成功了。

「好呀，天地間有這種好地方！」

「這就是孔夫子所理想的大同世界。大道之行也，天下為公。……」

「六叔，我們打算打算著，能不能搬家到俄國去。我不知道別人，我自己實在過得太苦了，需要到那種好地方去休息休息，也不枉人生一世。」

「人家怎要我們！你要想過那種好生活，得自己幹。我們中國也正需要像俄國那樣，來一場大革命！……」

從這一回開始，方祥千把共產黨那一套東西慢慢傳授給方培蘭。方培蘭被他的家庭生活折磨得半死了，聽了這一套新玩藝，倒頗對胃口，彷彿黑暗中看見了一線光明。不久，他就正式加入了共產黨。〔註4〕

---

〔註4〕見姜貴《重陽》，臺灣皇冠出版社，1973年版，349頁。

　　方祥千所理解的共產主義，最終又回到了孔子的「大同世界」那裡去了，說來說去，從沒走出封建意識的那一套，革命變成以「革命」的名義，在封建傳統意識裏兜圈子，最終，正如孫悟空的十萬八千里的跟斗沒有跳出如來佛的手掌心。

　　中國兩千多年的封建專制深入人心，不是短時間，更不是剎那間能消除的，即便在這些熱衷於革命的知識分子身上，同樣存在著難以擺脫掉自身的封建意識的侷限。而這種意識的難以根除，在面向西方的價值觀念中，又在家國責任的驅使下，幾乎使所有激烈的西方意識都內化演變成封建意識回歸，正如魯迅先生說的拽著自己的頭髮離開地球：被拽回到封建傳統本身。

　　更可悲的某些封建觀念不但沒有除去，反而被放大：

　　　　方祥千興奮地告訴方珍千說：「我的眼光準沒有錯，天茂這孩子是有出息的。你在縣城坐了幾天冤枉監獄，好好記住，不要忘了。等天茂帶著俄國炮兵打過來的時候，就可以報仇雪恨了。人家是以眼還眼，以牙還牙，欠一文還一文，我不這樣主張。我是主張你要欠我一隻眼，把整個腦袋拿來還；欠下一文錢，拿上萬的銀子來還。不是這樣，算不得報復。對於資產階級，第一講不得恕道。騎著驢觀燈，咱們走著瞧罷。」〔註5〕

　　西方基督教義宣揚的博愛與寬恕，這裡全然看不到。一身正氣的方祥千心裏都潛隱著如此血腥的報復心理，何況方珍千並非無故，還有一條人命在裏面，他的所謂仇人還是本家族的一家人，他狹隘的報復心理已經是如此強烈。而正是這中國人自古以來信奉的「以眼還眼，以牙還牙」文化心理。作為革命未來培養的侄子，沒寄希望他的救國良方，反而把復仇的希望寄託在他身上，主義之爭許多時候被個人私仇所裹挾，這使國共兩黨惘顧兄弟情誼，互相殺戮起來全無顧忌，也使這場兄弟戰爭進行得慘烈無比。這也就能理解無論是在共產黨的土改對地主的鬥爭，還是國民黨還鄉團對農民的報復，都是極為血腥的，是中華民族自相殘殺最為悲慘的一頁。

　　新權力的代表人物省委代表對他的下屬有一番話：

　　　　康子健同志，你今天使我失望極了。作為一個布爾塞維克，你真差得太遠了。你從一種頑固的封建思想，產生出淺薄的人道主義。這樣，你觀察任何事情，就一無是處了。秀才娘子所代表的是一種

---

〔註 5〕見姜貴《重陽》，臺灣皇冠出版社，1973 年版，349 頁。

　　封建殘餘。我們今天對秀才娘子鬥爭，被鬥爭的不是秀才娘子這個
　　人，而是他所代表的這種封建殘餘，基於這個觀點，我正認為我們
　　對於秀才娘子所展開的鬥爭，還不夠的很呢。偏你倒以為過甚了！
　　　康子健同志，你還要力求進步，儘量克服你的小資產階級的弱點。
　　　否則，你本人都是很成問題的。」〔註6〕

省委代表用封建殘酷的方式鬥爭所謂的「封建殘餘」，蔑視「淺薄的人道主義」，自相殘殺，最終使戰友與百姓都陷入了更殘酷的封建殘餘的泥潭，帶給方鎮的並非新思想的洗禮和新生。

這一系列違背倫理人性的舉措，連王培蘭都起了疑惑：

　　「六叔，我有兩句話問你，第一句是：你以為我們這個省委代
　　表到底怎麼樣？」

　　「你這樣問我，我覺得很好玩。我們長話短說，出我之口，入
　　君之耳，天知，地知，你知，我知。我以為我們的省委代表最適合
　　於作一個詩人。因為他的作事，一不憑理，二不依法，三不講情，
　　四不論面。但憑興之所至，以意為之。這完全是詩人的氣質。」

　　……

　　「新官僚主義，機會主義，左稚主義，盲目國際主義，彌漫於
　　我們的領導階層中，真正農民無產階級的利益反而受到侵蝕，這不
　　能不算是一個根本上的危機！」方祥千說著，便有點悻悻然，他沒
　　有把自己的兒女當作外人。

　　「我是被我自己的一種理想欺騙了。而我又騙了你！」

　　「噯呀，」方培蘭笑了笑說，「你老人家這樣說，我倒不自在了。
　　我難道是二歲小孩子，會受人家的騙！當時也是我自己樂意的呀？
　　你老人家快不要再說這種話了。人生一世，不過就是這麼一回事？還
　　不是像在賭錢場裏押寶一樣，贏了固然好，輸了也就算了！」〔註7〕

「省委代表」的詩人氣質，正是典型的傳統知識分子氣質，前面已說過，中國缺乏科學理性觀念，知識分子多致力於文學藝術，「詩人」氣質基本上就是文人氣質，是在缺乏科學理性基礎上自由散漫的浪漫氣質，這樣的詩人沒什麼，但作為政治領導，那結果就可想而知了。

〔註6〕見姜貴《重陽》，臺灣皇冠出版社，1973年版，349頁。
〔註7〕見姜貴《重陽》，臺灣皇冠出版社，1973年版，349頁。

　　而投身革命的方培蘭最終理解成了賭一把的賭徒心理，在缺乏科學理性的基礎上，中國人行事，一貫抱有此心理，也是在長期缺乏理性的環境中培養出來的盲動心理。

　　方祥千等先行動起來的知識分子尚沒有擺脫自己的封建積習，普通百姓更是地道的封建意識傳承，整個社會都處在封建意識濃厚卻根深蒂固的氛圍中，從精神追求、生活習慣、日常愛好等多方面，包括方祥千，無一不是封建式的，直到今天，許多偏遠的鄉村封建積習依然十分深厚。

　　曾有學者指出，方祥千找到的治療社會的藥方是裹著共產主義外衣的封建意識，正如他弟弟方珍千照著古代藥方治病救人一樣，本意固然是好的，卻把人治死了一個道理，這主要就是藥不對症。因為他們在未搞清中國症狀的情況下，就盲目開藥，只聽著人家說好就拿來，把國家變成各種主義的試驗品，但藥一旦吃下是要發生作用的，不合適的藥當然會把人治死。

　　　　方珍千是一個中學教員，又是一位有名的國醫。常常開出奇奇怪怪的方子，治好奇奇怪怪的病；也常開出奇奇怪怪的方子，治壞不奇不怪的痛。他的嗜好是抽雅片煙。他相信命運，看了許多看相算命的書。又會占課，對於文王六爻最有把握。他認為人生一切全是命定，半點也由不得人。有人駁他，說你躺在床上不動，天上總不會落饅頭給你吃罷。他道：

　　　　「祇要你運氣到了，天上自然會落饅頭。甚至比天上落饅頭還要奇妙，有你想不到的那許多好處臨到你頭上！」

　　　　他贊成天茂到俄國去，卻不是為了要他做一個布爾塞維克。而是因為他替天茂算命，覺得天茂十三歲這一年，最好能有遠行，走得越遠越好。而俄國剛巧並不是一個近地方。

　　　　也為了信命的緣故，對於哥哥祥千的任何意見，從來不駁回。既然要這麼著，想必是命中該這麼著了，那麼就這麼著罷。他常常作如是想。〔註8〕

　　中國兩千多年的封建專制，曾經創造過輝煌的人類文明，但也使他們固步自封，不求突破，在現代社會必然面臨轉折與轉型，中國現代知識分子意識到這一點已是難能可貴，但如此深厚的封建積習，靠一代知識分子就能完成轉型顯然是不切合實際的，也是完全不可能的，中國現代知識分子在國難

---

〔註8〕見姜貴《重陽》，臺灣皇冠出版社，1973年版，349頁。

當頭的時刻，勇敢地邁出第一步就已是非常不易，並取得了非常大的功效。因此，後來者在他們的足跡上既要把他們的智慧與精神傳承下來，也要吸取經驗教訓，把中國的現代性進程繼續推向深入，徹底擺脫封建積習，讓國家社會在科學理性的現代意識下走向更美好的未來。

## 第三節　實踐理性的欠缺與道德理想的執著

　　現今，遠隔著那個時代國家民族的羸弱與內憂外患，坐在電腦前，悠然品著茶與咖啡的我們，回往歷史，任何評說都難免膚淺與殘酷。我們不能忘記的是今天的我們正是享受到了烈士成就的一代人，我們今天的安逸正是烈士犧牲奮鬥的結果，我們也同樣不能忘記的是我們還要面對子孫後代、面對國家與民族的未來，如果我們只是停留於享受烈士遺產恐怕是對烈士最大的不敬，因此，我們仍然要有勇氣面對歷史，即面對歷史的偉大，也面對歷史的侷限，在更加理性與智慧的基礎上，讓國家民族走向更好的未來，這才是真正為國家、為歷史負責的。

　　毋庸諱言，堅定投身政治的一代知識分如方祥千們的精神與勇氣都永留史冊，但缺陷也暴露的很充分：他們熱衷救國，但並不是在深入紮實的社會分析與科學理性的態度之上的，暴露出明顯的實踐理性的欠缺，但同時卻對道德理想極其執著，這一充滿悲劇性的矛盾幾乎成為那時代知識分子的共同特徵，而陷於情緒化的仇恨宣洩使道德理想難免蒙上悲劇陰影，也使他們的執著追求帶來他們預料不到的悲劇結果。

　　實踐理性的欠缺不是現代知識分子特有的現象，中國歷代知識分子基本都是如此，古代形容知識分子的「四肢不勤，五穀不分」，也是指他們不參與社會實踐，相對寧靜的田園時代，古代知識分子常以此為榮。「談笑有鴻儒，往來無白丁」被傳唱千年，一直到窮苦潦倒的孔已己那至死不肯脫下的破長衫，不屑於與短衣幫的老百姓為伍。中國歷代知識分子一直把自己扮演成即便不是官宦仕途上的，至少也是精神上的（比如隱士）一個獨立於老百姓之外的「貴族」特殊階層。而歷史上，從沒有那一個國家的知識分子像中國這樣以把老百姓排斥在外，不與他們交往接觸為榮。這也正是他們的致命缺陷：缺乏社會實踐知識與經驗，也是中國科學領域長期得不到發展的最主要原因。因為，科學技術基本都是知識者在參與社會實踐勞動的過程中發明發展起來

的,而以關在象牙塔裏讀書為榮的中國知識分子,拒絕參與具體的生產勞動,也把自己通過參與具體勞動促成的科學技術發展機會剝奪了。同時也不能使自己的思想與創造力在參與實踐的過程中激發激活。帕斯曾說,世界上有兩個民族最可憐:猶太人沒有身體,中國人沒有靈魂。兩民族,猶太人 1400 萬,中國 13 億。至多 1400 萬人的民族,幾乎每年都有人得諾獎,上市的新興企業數量驚人,這是奇蹟;至少 13 億人的民族,與現代世界最重要的思想、科技、藝術等創造幾乎無緣,這更是奇蹟。這個「奇蹟」難道不是中國知識分子長期脫離老百姓,脫離社會實踐、執著政治或耽於品茶賦詩的文學藝術導致的?而西方知識分子正是在參與生產實踐的過程中,從幫助百姓改善工作工具等慢慢發展起了現代科技,他們恰恰是以為大多數老百姓服務為最高的使命的發明創造,推動了全人類的文明與進步。而令人意外的是,中國老百姓對供養貪官是有怨言的,這常常導致農民起義的爆發,但對供養知識分子,中國老百姓卻從沒有過怨言。

而西方知識分子則在積極參與的社會實踐中使科學技術取得了巨大的發展和成就,他們對知識領域的堅守和探索精神對整個人類文明的貢獻與推動遠超過一切以政治為指向的中國知識分子。中國知識分子總是試圖通過政治解決一切社會問題,這不僅導致為民服務的科技領域的荒蕪,也使政治問題本身更難以解決:一方面是發展出了高智商的權謀權術,另一方面也使得兩千多年的愚民政策得以實行,兩千多年的封建專制統治得以維持。試想,如果中國知識分子有象布羅諾那樣堅持科學觀念的傳播,像愛迪生那樣執著於發明創造,中國老百姓何以到了二十世紀六十年代還出現全民打麻雀的科盲鬧劇?如果科學、法制的觀念深入人心,封建專制統治又怎麼可能延續兩千多年?

中國知識分子的思維方向是內指性的,一切都指向政治,衍生出的品茶賦詩其實是一種享樂文化,西方知識分子的思維方向是外指性的,從勇於實踐、對大自然執著的探索冒險,都表現出強烈的開放、開拓意識,勇於犧牲、奉獻,對真理正義執著的探索追求……

面對並承受東西方文化的巨大反差和壓力,成為現代知識分子悲壯的歷史現實與歷史使命,如王翔千、王盡美等,這些青年知識分子擁抱西方意識投身中國現實政治是帶著飛蛾撲火的獻身意味的,在動盪不安的時代,書寫一曲曲知識分子的慷慨悲歌。

　　現實的殘酷，理想的飄渺，也使其中一部分人動搖彷徨過，甚至出家、幻滅等成為魯迅、茅盾等的小說重要題材。

　　羅志田在《經典淡出之後的讀書人》一文中曾述及：

　　　　陳獨秀在探索中國政治不良的責任時，也認為國民決定著政治的優劣，故「欲圖根本之救亡，所需乎國民性質行為之改善。」這裡當然可見清季「新民」說的延續，但他和許多側重改造國民性的新文化人（例如魯迅）一樣，似乎都更接近梁啟超後來的見解，即主張由覺悟了的讀書人來改造國民。儘管新文化人在理智層面想要與民眾打成一片，無意把社會分作「我們」與「他們」兩部分，但其既要面向大眾，又不想追隨大眾，更要指導大眾，終成為難以自解的困局。

　　　　身處過渡時代的新型讀書人，面臨著一系列劇烈的社會和政治轉變，其自定位也始終處於波動之中，有著超乎以往的困惑。用鄭伯奇的話說：「在白玉砌成的藝術宮殿，而作劍拔弩張的政治論爭，未免太煞風景。」傳統士大夫本志在澄清天下，其社會定位亦然；而新型讀書人卻總是徘徊在學術、藝術與政治、社會之間，他們想藏身於象牙塔或藝術宮殿之中，與政治、社會保持某種距離，但不論是遺傳下來的傳統士人還是新型「知識分子」的責任感，都不允許他們置身事外，所以不能不持續做著「煞風景」的事，始終處於一種「不得不如是」的無奈心態之中，難以抹平內心的緊張。

　　　　瞿秋白曾說：「中國的知識階級，剛從宗法社會佛、老、孔、朱的思想裏出來，一般文化程度又非常之低，老實說這是無知識的知識階級，科學、歷史的常識都是淺薄得很。」由於革命實踐的急切需要，卻不得不讓這樣的人來充當中國無產階級的「思想代表」，就像「沒有牛時，迫得狗去耕田」，他自己從一九二三年回國後就一直在「努力做這種『狗耕田』的工作」。瞿氏後面本特指中國馬克思主義者中的讀書人，若推而廣之，似乎也可從這一視角去理解近代讀書人在過渡時代中的困窘。

　　　　而且這一困窘是延續的：近代百餘年間，有不少思想和政治的分水嶺，雖在很大程度上影響了讀書人在社會中的位置，似乎仍未

從根本改變其掙扎徘徊於「士人」和「學人」之間的緊張。〔註9〕

在中國二十世紀歷史轉折的艱難時期,兩千多年的漫長體制的沉重積習,卻又讓這些無論心智還是社會經驗知識都準備不足的知識分子來承擔,正是沉重的使命與難以承受的重擔之間的雙重擠壓,使中國現代知識分子既承擔了艱難的使命,也付出了沉重的代價。

正如《旋風》中熱衷政治的如方祥千這樣的知識分子,激情有餘,理性不足,知識儲備嚴重缺乏,對中國社會狀況缺乏理性而深入的分析,更多受道德與情緒的刺激,在對共產主義一知半解的情況下就開始了狂熱的追求。

《旋風》是如此描寫的:

> 「倒是民志報的羅聘三提醒我。他說我們對外雖是用馬克斯學術研究會這塊牌子,好像祇是在研究學術,也並不是一個可靠的辦法。那些走狗們哪裏替你分辨這許多!他們看起來,還不都是過激黨!所以我今天請大家特別注意:我們以後要採取完全秘密的方式,取消用馬克斯學術研究會對外的這個辦法。至於工作,我覺得我們過去的努力實在太差了。我們 SY 成立半年,到現在還祇有七個人。我們研究研究,要得發展才成。」

> 「我覺得我們知道的太少,」董銀明是貴州省人,用他那生硬的官話說,「我們僅僅知道俄國有十月革命,究竟這個十月革命的實在情形怎樣,我們根本不曉得。還有,理論方面,我們祇有這樣薄薄的一本資本論入門,而又看也看不懂。自己的瞭解不夠,要求發展,自然就難了。」

> 「我也是這樣想,」尹盡美同意董銀明的說法,「要是有機會,我們應當到俄國去看看。必得先弄個明白,然後幹起來才有頭緒。」

> 「不錯,這是一個根本問題。」方祥千連連點頭說,「我已經寫信到上海去,請他們派人來指導。俄國的情形,我們雖然知道的不多,但共產主義的革命,當然注重勞工和農民的利益。又說,不勞者不得食。有了這個大原則,作我們工作的方向,也盡夠了。我們發展工農,發展以工農為中心基礎的革命運動,總不會錯的。」

> 方祥千重新點上他的煙斗,重重地吸上兩口,加重語氣,提醒

---

〔註 9〕見《讀書》,2009 年 2 期,15 頁。

當前這幾個青年說：

　　「我們不能再等等這，又等等那，我們要先幹起來。一邊做，

一邊學。」〔註10〕

　　這些並非是小說家的虛構，《旋風》前半部分基本是紀實，那個時代知識分子對馬克思的認知程度基本如此。這些狂熱崇尚馬克思的先知先覺者，既沒有對中國國民性的深入分析，也沒有對馬克思思想的確切瞭解的基礎上，就盲目行動起來……

　　　這個不幸的老姑娘，就這樣草草地結束了她的一生。她的死，贏得了若干旁觀者的歎息，然而亦僅歎息而已。其中搖頭最多的是方祥千，他感到這種舊家庭的罪惡之深，想想人與人之間的關係是再也不能不作一個根本的改變了。就加強了他的革命情緒。他想：

　　「自從太平天國以來，我們什麼都試驗過了，都沒有效驗！我們祇有最新的也是最後的一條路了，那就是共產！」〔註11〕

　　富人不肯借錢，方二姐因與繼母的家庭糾紛一氣之下上弔自殺，這樣的世態人心、倫理悲劇是任何一個人類社會都難以避免的，而在方祥千則成了追求共產的理由，看不到任何理性分析，只看到激憤的情緒宣洩，把共產當成了萬能良藥，不惜一切代價去追求了。

　　不容迴避，在其後漫長的歷史時期，馬克思主義作為指導思想被國家意志明確實行多少年後，共產主義也一直在轟轟烈烈地倡導中，卻始終未見如美國社會學家本尼・迪格特《菊與刀》那樣對日本國民性精細分析研究的基礎上的共產主義的可行性政策調查分析，也沒有美國政府那種依據社會科學家的社會調研成果來制定戰後政策的對科學依據與實踐經驗的尊重……可以說在西方，以實地情況的調查分析為出發點，從學者到政府再到老百姓，都能形成尊從以科學為前提的政府政策決議，而這樣遵從科學的共識，在中國直到現在都達不到，尤其是在文革中整個民族都在理想的狂熱中走向反科學，以至於實踐是檢驗真理的唯一標準這樣的常識問題提出都要經歷一場鬥爭激烈的思想革命。

　　中國知識分子的政治幼稚也是那個時代作家作品都無法迴避的問題，也是姜貴小說《旋風》的重要主題。這些知識分子儘管個人品德多數都稱得上

〔註10〕均見姜貴《旋風》，臺灣九歌出版社，2009年增版，19～558頁。
〔註11〕均見姜貴《旋風》，臺灣九歌出版社，2009年增版，19～558頁。

高尚，但對生活過於理想化追求而又缺乏實踐經驗與理性思考，最終是自己的一腔熱血帶來與理想並不符合的社會人生結果。

方祥千費了很多唇舌，打算說服方天芷，教他加入 CP。但方天芷竟沒有一絲一毫加入的意思。他說：

「我原是贊成共產的。但自從尹盡美從俄國回來後，據他所說他以親眼看見的那種情形，我現在是反對共產了。不共產，有窮有富，窮人固然受罪，但還有富人享福。共了產，卻是一律窮，大家都受罪，那又何苦多此一舉呢！」〔註12〕

「方天芷」這種最直觀的現實思考，都能看出問題了，可大多數知識者連方天芷的這點面對現實的思考力也沒有。

兩位共產領導人「方祥千」與「方培蘭」的一場對話，顯示他們對共產主義的理解有多幼稚：

「我聽說俄國革命以後，是在儘量實行配給，錢的用處自然會減少。至於原始共產社會時代，那時是沒有錢的。」

「好罷，我們想法造成一個沒有錢的社會。必須沒有錢，人才有真平等，真自由，真幸福！」

最後叔任兩個派定東嶽廟的老道和許大海兩個負保管財物的責任，把神座挖空了，作為保管庫。方培蘭吩咐下來：

「這是黨的公款，你們記個賬，把它保管起來。我是簡單明瞭，要是有了缺少，我用炮子打你們！」

雖是這麼說，這個款子進進出出，數字是極其模糊的。許大海和老道兩個人勾串起來，從中得了不少的好處。〔註13〕

……

對錢無概念，對現代管理無概念，幾乎等於回到原始社會，過原始共產主義的生活，現在看來，完全是一種荒誕的想法，卻在那時被無數的人實施追求著。

王翔千之子、姜貴堂弟王希堅反映土改的紅色小說《地覆天翻記》也同樣寫到了這個問題，我們看到出場不多的青年知識分子「小劉」，一開始到農村去就被當地的地主分子所左右與利用，是在更成熟老練的上級的指導下才

---

〔註12〕均見姜貴《旋風》，臺灣九歌出版社，2009 年增版，19～558 頁。
〔註13〕均見姜貴《旋風》，臺灣九歌出版社，2009 年增版，19～558 頁。

認識到自己的錯誤並去努力改正的，一個要來指導農民鬧革命的人，卻被農民玩弄於股掌之上，完全缺乏最基本的生活常識與政治經驗。

小說中的貧農李福祥心直口快，一開頭就說：「我看八路軍盡幹半弔子事！」……

當地百姓甚至編成歌謠借著小孩的嘴傳唱「八路軍，是好心，就是青紅不大分，拿著真當假，拿著假當真」……

連普通老百姓都能看出他們社會經驗的欠缺並編成歌謠傳唱，足見他們幼稚、天真到什麼程度，這對以教育拯救農民為使命的知識分子來說，不羈是一個絕妙的諷刺，也成為領導他們的政治人物再教育他們的藉口與出發點。

當時的中共領導人毛澤東就是這樣說的：「有許多知識分子，他們自以為很有知識，大擺其知識架子，而不知道這種架子是不好的，是有害的，是阻礙他們前進的。他們應該知道一個真理，就是許多所謂知識分子，其實是比較最無知識的，工農份子的知識有時倒比他們多一點。」毛澤東說知識分子最無知識，指的就是知識分子實踐經驗知識的缺失，這話後來被康生在整風會議上反覆強調，並在延安廣為流傳。應該承認，儘管這使得知識分子不但改造國民性的使命難以完成，也為自己的悲劇命運預設了前提，但這確實是知識分子存在的致命缺陷。

對中國社會現實認識不足、幾乎是二十世紀多數知識分子的一個時代主題，即使他們親歷其中，也難以避免：

作為土改的親歷者，一些知識分子不能不看到廣大農民貧苦艱難的生活狀況，但也正是這近距離的觀察，殘酷的現實加上善良的稟性，使他們很容易被表面現象所迷惑、被自己的同情心所左右，沒有看到農民本身存在的眾多劣根性，更沒有預見到這些劣根性一旦得勢會帶來怎樣的後果與災難。

也有少數知識者思考到這點，如姜貴能更清楚地看到這些農民的劣根性，並能預測這可能導致的災難性後果，當然他也沒有迴避當時某些地主的腐朽墮落的生活方式。但這樣清醒的知識分子屬極少數，被排斥在當時的社會主流知識分子之外。基本上，有客觀立場、對現實有相對清醒認識的知識分子如胡適、王統照、王懋堅等都被排斥在主流之外，並長期被批判譏笑，過去了多少年，付出了多少代價之後，才驗證出他們的見解與價值。

因為缺乏實踐理性，複雜的問題就容易被簡單化。那個時代，如不少紅色小說裏反映的那樣，把貧富對立當成社會萬惡之源，簡單認為把地主的土

地分給農民社會就公平公正了，就解決一切社會問題了。農民也被簡單化，基本就分成窮人／地主兩大簡單又對立的關係，沒有中間地帶與中間人物，為此他們設定的前提是這些地主財產來源的不合理，而一旦這財產是合理的呢？這就超出他們的思考力之外了，而無論地主、農民精神深層、文化深層的東西都在他們的思考之外，只停留在物質層面。一些作家寫這些小說時，自己還是幼稚天真的青年。儘管知識儲備、社會實踐經驗均缺乏，正值青春反叛期的他們，卻對社會的憤怒心理與情緒喧囂極為強烈，對道德理想的追求也更為執著。

《旋風》中的共產黨員，基本上都有很好的道德節操。那一時期，中國無數富家子弟出身的知識分子背叛家庭投身革命，把自家財產捐獻出來，分給貧苦農民，為革命犧牲一切，把道德一度高揚到極致絕對的程度，而對道德的極度追求也使他們遮蔽了理性與現實的深度思考。

黑格爾曾說過，中國純粹建築在一種道德的結合上，國家的特性便是客觀的「家庭孝敬」。中國人把自己看做屬於家庭，同時又是國家的兒女。在家庭之內，他們不具「人格」，因為他們生活其中的家庭單位，乃是血統關係和天然義務。在國家之內，他們一樣缺少獨立的人格；因為國家內「大家長」的關係最為顯著，皇帝猶如嚴父，是政府的基礎，統攝國家的一切。所以，「家族」的基礎也是「憲法」的基礎。參見黑格爾：《歷史哲學》前揭，第127～129頁。

梁啟超在《新民說》的「論私德」：

> 吾疇昔以為中國之舊道德，恐不足以範圍今後之人心也，而渴望發明一新道德以輔助之。由今以思，此直理想之言，而決非今日可以見諸實際。……今欲以一新道德易國民，必非徒以區區泰西之學說，所能為力也。即盡讀梭格拉底、柏拉圖、康德、墨智兒（黑格爾——引注）之書，謂其有「新道德學」也則可。何也？道德者，行也，而非言也。苟欲言道德也，則其本原出於良心之自由。無古無今，無中無外，無不同一。是無有新舊之可云也！苟欲行道德也，可因於社會性質之不同，曰各有所受。其先哲之微言，祖宗之芳躅，隨此冥然之軀殼，以遺傳於我躬，斯乃以社會之所以為養也。一旦突然欲以他社會之所養者養我，談何容易也。……然則今日所恃以維持吾社會於一線者何在乎？亦曰吾祖宗遺傳因有舊道德而已。
>
> （參見梁啟超《新民說》前揭107、108頁）

　　這裡梁啟超對新時代的道德重建充滿希翼，他的「新道德」也是建立在西方哲學大師蘇格拉底、柏拉圖、康德、黑格爾這些人的學說之上，其實也就是以西方道德為參照點。遺憾的是他的新道德未建立起來，中國的舊道德卻被破壞殆盡。

　　後來以國家意志推行的共產主義道德也是西方的舶來品。

　　但還是胡適論述得更透徹：一個骯髒的國家，如果人人講規則而不是談道德，最終會變成一個有人味兒的正常國家，道德自然會逐漸回歸；一個乾淨的國家，如果人人都不講規則卻大談道德，談高尚，天天沒事兒就談道德規範，人人大公無私，最終這個國家會墮落成為一個偽君子遍布的骯髒國家。

　　在新道德舊道德交雜爭論了近一百年後，眼下的中國似乎更顯示出胡適的遠見洞識。

　　也許，在一個政局穩定、法制健全、制度明確運行的前提下，社會依靠道德來調解與維持是可以的，然而，在一個社會急劇變動的時期，政局與整個社會都處在劇烈的變化中，道德本身也在變動中，一些原先信守的道德本身也面臨了挑戰。一方面，原先信奉的道德，在新時代就有許多被認為是不道德的，比如：封建家長制下的順從、男尊女卑、父母之命、媒妁之言的包辦婚姻等，都被認為是不道德的了。而從一般的道德出發，顯然，非但沒有使社會變好，反而變得更壞。最顯見的便是年輕的學生、知識者對貧苦農民的過於同情，結果卻是打開了潘多拉的寶盒子，把被壓制到沒文化的角落裏某些最原始、荒蠻、邪惡的魔鬼引發出來了。這也是文革災難的根本原因，把五千年文明古國幾近變成原始、荒蠻社會。這直接導致了人們對單純道德的質疑與不信任，另一方面，堅守道德帶來的惡果，也使本該堅守的人倫道德如誠信、善良等不被堅守，追求道德至上導致了全民族道德的滑坡。

　　這建立在烏托邦式的理想引導下，在新舊道德的爭論中，社會現實卻日益走向反面：越來越處於失德與敗壞之中了，恰如《旋風》中所言：

　　　　方鎮及其附近地方，治安漸漸不好起來，先有竊盜，慢慢發生
　　　路劫和綁票，以至明火執仗，公然搶殺，是從袁世凱的洪憲朝開始
　　　的。……〔註14〕

　　另一方面，中國知識分子不只理想是在缺乏實踐理性基礎上提出來的，知識分子自身還缺乏實際執行能力，自古以來以「文弱書生」形象示人。這

〔註14〕均見姜貴《旋風》，臺灣九歌出版社，2009年增版，19～558頁。

使得他們提出理想後，需要依賴更強有力的行動者來實現，也需要更具現實操作性的方式方法。這在姜貴、趙樹理的小說裏都提到革命後期是地痞流氓紛紛湧入革命隊伍，竊取了領導地位，這些強有力的行動者掌握實際權力後會擁戴知識分子、實現知識分子的理想恐怕永遠都是知識分子的一廂情願，也表明知識分子對政治的理解過於簡單理想化了。事實也正如《旋風》中所寫，即證明他們理想的行不通，他們自己也成為自己理想的犧牲品。

熱衷政治的知識分子如果跳不出這種慣有的思維模式，那麼就只是在重複前輩的命運，甚至一代不如一代，眼下的事實似乎再次證實了這點，似乎越是激進的知識分子越是容易陷入騙子的圈套，甚至自己擁戴騙子出來「代言」，把前輩「悲劇性的崇高」，演變成「悲劇性的笑話」。

## 第四節　從改造社會到被社會改造：知識分子身份定位的高揚與失落

嚴復曾經從中國封建社會秦朝對農民的愚民政策、奴役統治談起，尖銳地指出中國農民在長達千年的被奴役被統治中，也因此帶來內化了的奴隸意識。為此，嚴復提出了著名的「三民說」即「是以今日要政，統於三端：一曰，鼓民力；二曰，開民智；三曰，新民德。」這是晚清先知先覺的知識分子開始以現代性意識對中國農民認知與審視的開端，後來的知識分子如梁啟超、陳獨秀、周作人、魯迅等人思考中國農民都從這裡受到啟迪。「改造國民性」成為現代知識分子最為神聖的使命。魯迅以小說為武器，對中國國民性有了系列的批判與反思。「五四」新文學運動開啟了一個時代思想啟蒙的歷史進程。

然而，歷史的發展很快變成驚人的逆轉，以改造國民性為己任的知識分子，時代任務尚未完成，卻在延安開始自己變成了被農民改造的對象。當時的領導人毛澤東以自己為例，說明了這種轉變的必要：「那時我覺得世界上乾淨的人只有知識分子，工人農民總是比較髒的。知識分子的衣服，別人的我可以穿，以為是乾淨的；工人農民的衣服，我就不願意穿，以為是髒的。革命了，同工人農民和革命軍的戰士在一起了，我逐漸熟悉他們，他們也逐漸熟悉了我。這時，只是在這時，我才根本地改變了資產階級學校所教給我的那種資產階級的和小資產階級的感情。這時，拿未曾改造的知識分子和工人農民比較，就覺得知識分子不乾淨了，最乾淨的還是工人農民，儘管他們手是

黑的，腳上有牛屎，還是比資產階級和小資產階級知識分子都乾淨。這就叫做感情起了變化，由一個階級變到另一個階級。」毛澤東既擊潰知識分子自身的優越感，也指出了知識分子的致命弱點，既是前面分析的實踐理性的欠缺。由此也就有了知識分子的「思想改造」問題，只是如何改的問題。毛澤東為此明確指示知識分子的「一切革命的文學家藝術家只有聯繫群眾，表現群眾，把自己當作忠實的代言人，他們的工作才有意義，只有代表群眾才能教育群眾，只有做群眾的學生才能做群眾的先生」。在這個基礎上，「我們的文學專門家應該注意群眾的牆報，注意軍隊和農村中的通訊文學。我們的戲劇專門家應該注意軍隊和農村中的小劇團。我們的音樂專門家應該注意群眾的歌唱。我們的美術專門家應該注意群眾的美術。」不能不承認如此以來，「談笑有鴻儒，往來無白丁」的知識分子傳統意識被徹底打破了，這是為黨派為戰爭服務的藝術觀念。這或許也是毛澤東極度重視實踐經驗，甚至戰後把知識分子都送去勞動改造，乃至取消大學教育的一個重要原因。可能與從他自己到領導的農民，尤其在戰爭的環境裏由社會實踐得來的經驗知識遠比知識分子書本上得來的知識更實用有關，這當然也是極端行為。

知識分子應該在深入社會實踐中再超越出來，使實踐經驗與理論知識有機結合，但我們看到的結果是不但沒有超越出來，反而始終困窘於政治的惶惑中。也可見硬性的、強制的社會實踐並非行之有效，或許知識分子自覺的參與社會實踐才是真正有效的，在社會科學高度發達的今天，參與社會實踐也不該侷限於體力勞動層面。

關於這個轉變的政治因素與社會、戰爭因素等外部環境因素的分析論述已經是汗牛充棟，筆者在這裡不再贅述，只從內因，即知識分子自身的因素做一下分析。

外因固然殘酷，這是不爭的事實，不容否認，然而，一個最基本的哲學命題是內因決定外因。何況那時還是兩黨競爭的相對自由的年代，因此，把一切責任都推給外因，也不是一個知識者該有的態度。知識者自然該反思社會，可也更應該反思自己，只有深刻地反思自己，才能更深刻地反思社會。從這樣的意義上，現代中國，最該反思的或許就是擔當著反思使命的知識分子，卻迄今是最沒有得到反思的群體。

嚴復等指出中國國民的奴化心理，幾千年的外在奴化已經演變為一種內在的自我奴化，他因此把拯救國民性的希望寄託在知識分子身上，卻也忽略

了另一方面：知識分子身上同樣存在著根深蒂固的奴化心裏，幾千年的奴化教育，知識分子怎可獨立世外？另一方面，知識分子在中國歷史上無論從社會地位還是文化心理上從未獨立過，一直是依附政治而生存的，幾千年的依附心理，使知識分子也已經由外在依附，演變成一種內在心理的依附。

中國的知識分子自古以來就是依附政治的，從未有過獨立的意識與身份，他們只是在明君與昏君之間「擇枝而棲」，扮演政治幫忙、幫閒或反叛的角色，從未有過自己的獨立的「枝」。遇到明君會大幹一場，彰顯自己的抱負，如商鞅變法等；遇到昏君，則哀怨感傷，成就詩名，如屈原、李白等莫不如此。更可悲的是一旦失去這個「枝」，他們自己心理上就必須選擇、甚至自我締造尋找出個「枝子」來依，這甚至給利用他們的騙子與政客提供了可乘之機，直至今日，依然如此，一些騙子簡單的騙術就能使很多知識分子上套，越是激進的知識分子，越是容易陷入騙局之中。現在激進的知識分子，在批判前輩的同時，自己其實就在重複前人的經歷遭遇，這本身也說明知識分子並沒有從前輩知識分子那裡吸取足夠的經驗反思。眼下許多人在懷念民國，卻從沒反省知識分子在民國中的所作所為，那些他們懷念的東西難道不是自己親自參與推翻的嗎？蔣介石到臺灣後對知識分子的反省是實行了 30 年的報禁，與大陸文革知識分子政策頗為相似，在雙方政治人物都對知識分子有警惕與反思的情況下，知識分子對自己卻缺乏根本性地反思，只悲悲淒淒地把自己當成受害者的角色，依然是個弱者的角色。

中國知識分子試圖通過政治解決一切社會問題，一旦出了問題也有一個簡單的推脫，就是一切都推到政治、體制，這裡當然不是說政治、體制沒有問題，不該承擔責任，政治、體制確實該承擔主要責任，也確實存在重要問題，但知識分子本身就不該承擔自己該承擔的責任嗎？布羅諾被綁在火刑柱活活燒死、伽利略在刑訊場上依然堅持「地球照樣在轉動」，他們面臨的政治環境並不比中國知識分子好，甚至更加殘酷，但無數的西方知識分子依然前赴後繼，創造出惠及全人類的科學成就難道本身不說明問題嗎？

可悲的是文革之後，許多知識分子反思的是不該參與政治，甚至告誡後人勿參與，並且怪自己過於道德高尚。所以，眼下一些知識分子本身參與製造的黑幕不比其他任何階層少，道德墮落的程度也不必其他階層差，也可能是某些人「反思」的結果，而沒有從根本上反省自己知識、思維存在的侷限。

知識分子這些自身的奴化與依附心理難以克服，所承擔的使命便難以完

成，他們自己這種身份與地位的驚天逆轉既是他們實踐理性欠缺導致的必然結果，也是他們內在心理動因的促成，他們最後的選擇也正說明這點。

中國文學與政治猶如一對情侶，始終是相伴隨行的，和諧時相輔相成，分離時哀怨痛苦，分分合合，始終糾結在一起。但基本上，文學以服從政治為前提，政治也以欣賞文人為文雅，貶斥文人為敗行。文學才華一直被知識分子看作是登上政治的鋪路石，一旦在政治上得勢便毫不猶豫地放棄文學專注政治，而一旦政治失勢，才會又借助文學，作為失落痛苦的發洩渠道，而非為文學而文學，走上知識者的獨立之路，歷代文人與政治的關係基本如此。正是因為中國知識分子對自己知識範圍內的事情拒絕堅守與執著探索，卻捨身忘命地去承擔不該承擔的政治重任，這也是中國科學技術等領域長期發展不起來的另一重要原因之一。

現代知識分子也同樣得到悲劇性的遺傳輪迴。在強大的政治面前，他們都自覺放棄文學、選擇了政治，正如《旋風》中的方祥千、尹盡美他們一樣。

詩人郭沫若、艾青等，基本都是如此。一開始抱著美好的幻想投身政治，一旦面對具體的政治，文學的情緒化表達被轉化為對政治服務的宣傳，他們也果決地服從政治放棄了文學藝術。

何其芳也同樣如此，他的自我表白很能說明多數知識分子「轉變」的原因：

　　我想到應該接受批評的是我自己而不是這個進行著艱苦的偉

大的改革的地方。〔註15〕

基本上，這種選擇的知識分子佔了主流與大多數，是他們的一種身份自覺。如果說，科學理性本就是中國知識分子天性欠缺的一面，談不上堅守，那麼他們曾經立命的文學藝術本身在強大的政治與現實面前，他們也放棄了堅守，從延安到文革，一代曾經深有文學造詣的詩人作家放棄了基本的藝術理念，投身政治，變成政治意識的殉道者。

中國歷史上一貫以玄學為主導，知識分子以在象牙塔讀書研究的超脫清高為榮，科學理性始終未占主導，並被重視運用，甚至運用起來，引進西方科學技術，卻沒有引進科學理念，遵循科學，以科學精神為崇高使命是西方知識分子奮鬥的目標，布魯諾、哥白尼等科學家以堅持科學信念而犧牲，但

---

〔註15〕見程光煒《何其芳、卞之琳和艾青四十年代的創作心態》，《文學評論》，1993
　　　　年5期，153～156頁。

中國的知識分子長期自己既未建立起這樣的科學信念，又未承擔知識分子該承擔的角色責任：執著探索真理、科學與藝術，以科學觀念引導民眾為己任，致使中國民眾長期處於愚昧、迷信、偶像崇拜的精神狀態，文革中反科學的除四害、畝產萬斤等，竟然得到全民呼應絕不是偶然現象，全民族科學常識的無知到了驚人的程度，正是與中國知識分子科學領域的長期不作為密切相關的，這不能不是中國歷代知識分子的一種責任缺失。

中國知識分子會為政治犧牲知識分子該堅守的知識領域，而西方知識分子則會為堅守知識領域而放棄政治，並有為堅守知識而與政治抗爭的犧牲精神，而中國的知識分子則正相反，即使犧牲，也是參與因政治鬥爭而帶來的犧牲，而不是為捍衛科學藝術知識本身而犧牲，這是中西知識分子最為本質的區別。正是中國知識分子與政治的合作，不但使知識分子本身喪失了獨立性，也使得延續兩千多年的封建專制成為可能，中國高智商的權謀藝術得到發展，科學、民主、藝術的觀念長期被漠視閹割，民主、自由的精神一直在中國難以找到立足之地。

科學理念的全民族缺乏導致迷信盛行，封建專制政權能夠長期得以維持奴化教育，中國人沒有宗教信仰，但英雄崇拜、人造偶像的現象卻直至今天依然深入人心，使得明顯騙人的「天才」、「神童」等騙術大行其道，且竟然能得到大多數「知識」人的承認與幫腔，令人吃驚的是，科學知識與理念廣為推行的今天，許多當下知識分子竟然成為「騙術」的幫忙與幫閒，比之政治的幫忙與幫閒更無知低能、道德沒底線，有些幫忙者甚至怕「偶像」倒了，心理無所依附，那怕是「騙子」偶像也得幫他撐著，必須自己「造神」或尋找「神」來崇拜，使得中國當下社會種種的「造神」運動從未止息，騙子大行其道。

而迷信的盛行則是蒙昧時代的標誌。如果中國知識分子直到今天還只是處在成長期，仍處在蒙昧時代，那麼中國的現代性進程就依然漫長……

知識分子本該是一個社會理性的指導與領導者，然而他們自己對社會的認識就幼稚天真，最終結果不是成為幫兇，就是成為犧牲品，一個最該智慧理性的群體卻是如此幼稚天真，並以這種幼稚衝動的熱情，把自己和社會都帶進了非理性的狂熱與衝動中，即便本意是好的，但給國家與自己帶來的只能是悲劇性的災難後果。

事實也表明，在藝術氛圍濃厚的國度，更容易爆發慘烈的革命，比如法國、俄羅斯、中國等，也表明在藝術氣息裏浸泡出來的心靈更容易對社會、

生活理想化。而對中國，一個以農民為主體的大多數民眾尚處於愚昧狀態當中，過於理想化的革命導致的後果將不可避免是悲劇性的。

當他們滿懷崇高的救國救民責任，真正深入農村，深入生活後，立志拯救農民的知識分子，卻變成了被社會改造，這一頗具戲劇色彩的顛倒，並且一開始也被知識分子普遍接受認可，反映出知識分子的一個致命缺憾：社會實踐經驗與社會知識的嚴重缺乏，這使得他們不得不開始低下頭來心甘情願地學習，然而，不幸的是，一方面，他所拯救的對象與利用他們的政治家均因此對他們成功洗腦。作為知識分子，本應該在深入實踐後能再次超越出來扮演領導地位，然而，他們卻再也無力超越⋯⋯

不能不說，推翻父權的兒子出走，是二十世紀青年對延續近兩千年的家庭制度的反抗，

那麼二十世紀知識分子也是從傳統書齋走向廣闊社會的反抗嘗試，無奈中國封建積習太沉重了⋯⋯

而僅靠熱情反抗一切本身就是青年成長過程中不成熟階段的表現，沒有科學與理性的深度思考分析就沒有真正的成熟，可以說，直到今天，中國知識分子仍然處在成長的過程中，並未真正成熟、成長起來，中國的現代性進程也依然在路上⋯⋯

## 第五節　革命之後：知識分子角色回歸與轉化

這些出身知識分子的革命者，在革命之後，身份發生了那些轉化？就王氏家族家而言，則有的延續政治之路，多數則基本是又回歸了他們的知識分子本位，尤其是他們的後代，多數也是知識分子。

王樂平：以知識分子身份從政，最終為他的政治理想捐軀，犧牲在革命的路上⋯⋯

王翔千，山東共產之父，王盡美、鄧恩銘的老師，曾經獻身政治的人，卻比其他人更早地選擇退出政治，早在 1928 年就回歸了他的知識分子身份。

王盡美：共產黨一大代表，也是投身政治，早在革命早期的 1925 年勞累病逝於為政治奮鬥的路上⋯⋯而另一代表鄧恩銘則是被捕犧牲。

王立哉：國民黨山東的長期負責人，到臺灣後長期擔任考試院委員，一直在政治的崗位上致力於教育工作，為臺灣教育做出了巨大貢獻，可以說是

從政治回歸到了知識分子的本色工作。

王深林，早在 1939 年就加入了農工民主黨，在 1949 年新中國成立後，仍擔任農工民主黨的主要領導人，一直從事愛國民主運動，致力於科學救國，也是在政治的崗位上致力於教育工作。

王平，王樂平的女兒，1949 年解放後，也仍是與他的丈夫一起從事政治工作，她的丈夫王哲曾擔任山東省副省長，也同時兼任山東醫學院院長，同樣是在政治崗位上致力於教育工作，甚至本身同時身兼政治與知識分子的雙重身份。

王辯，王翔千的女兒，山東第一位女共產黨員，1925 年留蘇的革命老前輩，儘管仍在革命隊伍中，也早轉到知識分子崗位，從 1941 年起就擔任《大眾日報》等刊物編輯等工作，在 1949 年新中國成立後，更是回到了知識分子的本職工作，長期擔任國家圖書館俄文館的圖書管理員，直至退休，退休後筆耕不輟，寫下了許多回憶資料，成為珍貴的歷史資料。

王懋堅，1925 年與王辯一起留蘇的堂弟王懋堅，從蘇聯回國後，先是從軍，擔任國軍炮兵少校，後來擔任八路軍領導人的俄語翻譯，全國解放後，到高校任教，在南京農業大學任俄文教授，成了高校知識分子，直至退休。文革中曾被下放農村勞動，因通曉俄語，在上世紀五十年代，曾與友人相魯之一起翻譯了不少俄語作品，也是回到了知識分子的本質工作上。

王希堅，王翔千長子，早年曾跟著部隊在抗日的疆場上南征北戰，多次親自參加戰鬥。1943 年 8 月，王希堅離開部隊調到地方工作，就主要從事知識分子工作。創作了大量反映解放區鬥爭生活的文學作品，1949 年 7 月，王希堅出席中華全國第一次文代會，被選為第一界全國文協委員 1951 年調省文學藝術界聯合會，任駐會常委、黨組成員、編創部部長等職。1956 年王希堅任山東省文聯代理副主席，主持省文聯工作，並連續出席全國第二、三、四次文代會，當選為理事。文革後繼續從事創作，一生著述甚豐。基本上也是在知識分子崗位上任職、創作。

王願堅，少年時代跟著部隊南征北戰，並成為早期八路軍紅色報紙的記者編輯。1949 年解放後，剛步入成年 20 多歲，就創作出了當時很有影響力的作品《黨費》等，一直是部隊作家，中國紅色短篇小說之王，他的短篇小說《黨費》《七根火柴》等長期入選中學課本，尤其是以《黨費》改編的電影《黨的女兒》，多次被改編成電影、歌劇、電視劇。

　　王力則是「學而優則仕」的典範代表，以小說《晴天》被毛澤東賞識後，一直從政，但在政治崗位上也主要從事文字工作，是出名的中央寫作班子的「秀才」。1965 年 9 月，中央決定以林彪的名義發表《人民戰爭勝利萬歲》一文，王力參加了此文起草工作。1966 年，毛澤東發動「文化大革命」，並設立中央文化革命小組，隸屬於政治局常委之下，王力成為中央文革小組成員之一。但很快就失去自由，被關進監獄長達十四年之久，受盡折磨，1982 年才獲得釋放，1996 年去世後，其子為其在香港北星出版社出版二卷本《王力反思錄》，具有重要的歷史文獻價值。一生政治起伏動盪，但書生本色未改。

# 第六章　政治理想衝擊下的「家」的破裂

## 第一節　家事‧國事‧天下事：當革命者變成「逆子」

　　二十世紀是中國重要的歷史轉型期，古老的封建帝國要邁進現代社會，這個轉化是巨大的，也是包含著許多複雜的層面的，從國家到小家，從社會到個人，從生活方式到思想意識，中國與中國人一起都經歷著時代巨變的巨大衝擊與地覆天翻的變化，也面臨巨大的挑戰，理想主義的大旗被高高舉起，內憂外患經歷無數爭鬥之後，終轉化成一場慘烈的國共戰爭，或者說是兄弟戰爭，無數的家庭因之破裂、離散，兄弟姊妹血緣關係密切的親人家人被「主義」分化分割，海峽對峙，如同仇敵，長達幾十年無法化解。

### 一、政治理想衝擊下的「家」的破裂

　　二十世以來，衝出家庭成為一代又一代青年知識分子的思想主潮，年輕人成為時代轉變的急先鋒，他們勇敢地衝破傳統束縛，扮演時代先鋒的角色。巴金的《家》是這個世紀初最有影響力的作品之一，引領無數學子以衝出封建家庭作為他們走上社會的先聲。

　　西方思潮的湧入，有力地推動了這時代浪潮，年輕學子正是從西方吸取精神力量與傚仿榜樣。易卜生的《玩偶之家》中「出走的娜拉」在中國找到無數知音，引發無數共鳴，娜拉更成為一代中國青年人的偶像。可以說，衝出家庭、「出走」是那時代最重要的青年學生思潮，也是二十世紀文學最重要的文學母題之一，無數作家作品都有這方面的述及，海峽兩岸許多作家如王統照與姜貴等的作品也概莫能外，尤以巴金的《家》最為知名和著名。無數「覺醒」了年輕人，正如小說中的覺慧、覺民等成為時代先鋒的革命者，以衝出

家庭作為自己崇尚的追求。

正是近一個世紀的衝出家庭的「出走」，男青年出走、女青年出走等，匯成浩浩蕩蕩的時代潮流，最終組成龐大的革命隊伍，對傳統中國進行了摧古拉朽的革命。革命者變成家族「逆子」，一波又一波的衝擊下，使中國傳統社會賴以維繫的最穩定社會細胞「家庭」走向了破裂。同時，又因政治信仰的不同，爆發國共兩黨的革命與戰爭，使國家走上分裂，至今隔在海峽兩岸。而這場中華民族兄弟姐妹之間的戰爭，伴隨著國家分裂的是無數個家庭的分裂，從大城市的名門望族到普通村落的尋常百姓，如顯赫的宋氏家族，宋藹齡、宋慶齡、宋美齡三姐妹的分裂，再到至死難回的臺灣國民黨老兵，二十世紀中國無數的家庭都經歷、承受了親人分離、互相慘殺、家庭破裂的悲劇。這在中國歷史上涉及的規模之大、人數之多都是空前的。中國傳統鄉村宗族家族制度的被打破與中國最穩固的低層社會結構細胞的破裂，也就是整個封建社會基礎結構徹底破裂的體現。

這場家、國分裂的悲劇成為海峽兩岸的中國與中國人共同面對的一個世紀主題與重大歷史史實。

中國文化的三個基本點：倫理中心、家國同構、天人合一有一個統一的思想：和合。這個統一的思想是中國文化的基石與一切的源泉。對這一理想的追求而不得或失之一隅，就會導致社會的不穩定，在從前循環往復的歷史上，中國的悲劇意識往往由此產生，而在新時代，它卻是時代轉折的前奏和必須，對身處其中的人，固然為著光明的前景，卻不免要經受其中的悲傷與痛苦，或也稱為時代的陣痛。

家國同構這一中國社會的基本機構方式是中國文化精神的基本支撐點之一，「家」就是縮小了的「國」，「國」就是擴大了的「家」，他們合二為一才是理解中國家庭與社會的基本出發點。

古代中國一直是小農經濟占主導，與這種生產方式相聯繫的家族制度延續了幾千年，家族結構擴大成國家結構。家與國的組織與權力分配都是相同的，都是嚴格的家長制。家國一體、家國同構的宗法社會裏，每一個人、每一小家都是「天下」這個大家的成員，故「天下興亡，匹夫有責」，產生了極強的民族凝聚力，同時也缺乏對個性的尊重與張揚。對年輕人的個性與精神則構成壓制，沒有自己個人的獨立意志。家國同構的概念，是理解中國傳統社會的政治與文化的一個關鍵點。

　　中國有著深厚的家族文化傳統，宗親家族就是有同一父系血緣關係的人們相聚而居，他們祭祀同一祖宗，拜祭相同的宗廟，分享共同的土地財產，有共同的墓地等的一個家族群體。可以說，「族」就是對同一父系血緣關係的人的總稱。

　　幾千年的中國社會結構，國家結構與家族結構牢不可破地融為一體，並且始終與家族血緣宗親關係糾結在一起，這極大地影響了中國人的文化形態。

　　在這樣的認知基礎上，無數的中國人以「家」為「國」的觀念深入人心，也成了無數仁人志士面對外敵時保家衛國的奮鬥出發點。毛澤東的岳父楊昌濟先生在上世紀二十年代寫過一篇名為《中國家庭結構的改革》的文章，指出中國家庭的家長制是中國積弱之源，五四時代，無數先知先覺者也正是意識到這點，率先以打破中國封建家長制為時代革命的先聲。中國古代士大夫知識分子，在面對「國」與「家」時，將「國」放在首位作為他們崇高的理想，這樣的意識在現代知識分子身上也得到了延續，他們會為了「國」犧牲「家」，於是，國共兩黨都以拯救「國家」的名義，向「家人」舉起了刀與槍⋯⋯

　　正是這家國同構的特質，使得中國的革命與分裂，必然伴隨著家族與血緣關係的割裂、無數家庭的革命與分裂。

　　中國的家事也就與國事緊密結合在一起，形成家、國二層面緊密結合融通！家族與個人的命運都隨著國家的命運起伏動盪，融為一體，成為國家與民族的一個縮影與典範代表。現代中國長達近百年的分裂重合，與之相隨的是無數個家庭的悲歡離合，是整個民族共同面對的一個時代重大主題。

　　家族破裂是一個時代轉折必然要付出的代價，尤其是中國從封建家長制家庭向現代民主制家庭過渡的家段，但不會是時代發展的永恆追求，正如天下大勢分久必合、合久必分一樣，它只是一個歷史時段的特徵，最終還是以「完整」的家庭為指歸，達到重建家庭秩序的目的。「家」經過「逆子」出走、「殺父」等過程，父親權威被顛覆，重構平等溫情的「父親」形象，新的平等溫情的家庭秩序也得以重建，同樣以平等、自由為指歸的新的國家秩序也將得以重建，國家、家庭重新走向新時代的和合。

　　歷史的發展過程是曲折的，當革命者的「逆子」成為父親，他們本人也並沒有立即成為民主平等的典範，甚至他們自己身上的專制情結並不亞於他們的父親，中國的封建專制積習之深，需要幾代「父親」──「逆子」的爭

門、反覆，中國的父子關係才能真正走上平等和諧，國家、家庭也才能最終走向新的和合。

## 第二節　一個國民性特點：「主義」之爭勝過親情凝結

　　中國人儘管一向缺乏政治信仰，可在二十世紀，為了挽救危亡的民族，探求救國救民之路時高舉起了信仰大旗，並且這些信仰都是從西方引進的：共產黨的共產主義，國民黨的三民主義。這些舶來信仰，不但得到空前的高揚，反而以此作為各自的理想大義，都想以自己的信仰取代對方的信仰，以自己的「專制」代替他人的「專制」，在這樣理想信仰的「大義」驅動下，中國人心底根深蒂固的內在專制的推動下，毫不客氣地「大義滅親」，使雙方罔顧傳統意義親情、人倫，毫不留情地互相慘殺。這不僅徹底擊碎了血緣、親情凝結的傳統社會，也使整個民族面臨家族、國家秩序的分裂與重構。

　　中國「大義滅親」的典故出自《左傳・隱公四年》，講述的是：春秋時衛國大夫石碏曾經勸諫衛莊公，希望教育好莊公之子州吁。莊公死後，衛桓公即位，州吁與石碏之子石厚密謀殺害桓公篡位，為確保王位坐穩，派石厚去請教石碏。石碏恨兒子大逆不道，設計讓陳國陳桓公除掉了州吁與石厚。由此，石蠟「大義滅親」的美名得以廣泛流傳，並成為中國人的崇尚的一個重要美德。

　　中國家國同構的結構模式，家族統治使歷代君王的權位之爭幾乎都是發生在兄弟間，親屬間的，並且往往以「大義滅親」之名進行。作為權力鬥爭的「大義滅親」在中國歷史上曾不斷上演。

　　漢朝的時候，皇帝不信任外人，「王莽弒二子求名賣直」就是連殺自己的兩個兒子，贏得「大義滅親」的美名，太后甚至下詔誇讚王莽不以父子之情損害國家之事，為他這個外戚日後登上皇位奠定基礎。

　　唐太宗李世民也是以「大義滅親」的名義殺害自己的長兄奪得皇位的。從封建世襲道德意義上，這樣做是不正義的。為此，李世民與群臣極力醜化其兄，用「大義滅親」之名掩飾了他的篡位奪權。

　　清朝的雍正皇帝同樣是虐殺兄弟篡得君位的，同樣是以「大義滅親」為自己尋求藉口。

　　中國歷代的宮廷的權利鬥爭幾乎都有「滅親」傳統，並紛紛被粉飾為「大義」。

　　甚至可以說，中國的宮廷政治史，基本就是一頁頁骨肉相殘，兄弟鬩牆，弒父屠子的權力更迭歷史。這是中國家族統治導致的權利鬥爭史，最後成功者自己粉飾一個「大義滅親」的名義掩蓋權力鬥爭的對親屬的殘忍。

　　宮廷鬥爭以「大義滅親」的美名掩飾，而在民間，所謂上行下效，也常常成為官吏整制服民眾的手段，甚至被運用進法律制度之中。

　　以「變法」留名青史的商鞅在秦國變法時，就曾頒布連坐法。商鞅認為：要使君主政權達到「至治」，必須使得「夫妻交友不能相為棄惡蓋非，而不害於親，民人不能相為隱」。也就是說，最親密的夫妻和朋友，也不能互相包庇，而要向政府檢舉揭發，使得任何「惡」「非」都不能隱匿。

　　《秦律》則規定，丈夫偷竊，如果妻子知道但不告發，則同罪；如果不知道，則賣為奴隸。也就是說一旦有人犯罪，其親友、鄰里或者其他有關係的人都要共同受罰。

　　《秦律》還公然宣稱：丈夫犯法，妻子若告發他，妻子的財產可以不予沒收；而若是妻子有罪，丈夫告發，則妻子的財產可用於獎勵丈夫。即一家之內父母子女妻可有各自獨立的個人財產，使得人倫親情遭到致命傷害。漢代儒生曾這樣描述秦時的民風：兒子借父親一把鋤頭，父親的臉色便很難看；母親來兒子家借個掃帚簸箕，兒子一家便罵罵咧咧；媳婦生了男孩便得意洋洋，不把公公放在眼裏，婆媳一語不合，便「反唇相譏」，使親情變得極其淡漠。

　　這樣親友互相揭發監督也被當作社會制衡機制，靠人人「大公無私」，維持社會秩序。可見人人不能自私的目的，最終使是為了皇上，為政權服務的。人人無私，皇上的專制統治就能維持了。所以滅親「大義」，只不過是為了皇權的私利。從漢宣帝開始，威逼利誘「告親」的法律有所鬆動，還規定了一些親人之間可以不告發、甚至包庇也不治罪的法律條文，但在叛逆、謀反等涉及皇上權力的罪行中，仍舊維持著連坐制度。

　　而這樣的扼殺人倫親情的法律制度，一直在中國的法制體系中被倡導運用，在 2010 年還曾引發激烈爭論，2011 年才在輿論壓力下被修改。

　　2010 年在河北省高院通過的《〈人民法院量刑指導意見（試行）〉實施細則》中，有這樣一條規定：被告人親屬舉報被告人犯罪，提供被告人隱匿地點或帶領司法人員抓獲被告人，以及有其他協助司法機關偵破案件、抓獲被告人情形的，可以酌情減少被告人基準刑的 20% 以下，「河北高院新規鼓勵『大義滅親』」被多家媒體轉發，引發社會的激烈論爭。

在有識之士的強烈反對下，這條法規最終被取消，顯示了中國司法的一個人性化的進步。2011年刑訴法二次修改取消「大義滅親」，對於證人作證方面較大的突破，是擬規定除嚴重危害國家安全、社會公共利益的案件外，一般案件中近親屬有拒絕作證的權利。但近親屬僅限父母、子女和配偶。

這樣長期以來在我國從傳統文化的角度大力提倡的「大義滅親」司法政策才被顛覆，才與世界部分國家的法律理念相契合。

中國政法大學終身教授陳光中曾認為「某些情況下近親屬可以拒絕作證，這是一種體現『以人為本』精神的規定。」

西方世界雖無「親親相隱」，卻也在「證人作證豁免」的制度安排中，特別賦予直系親屬可以拒絕作證的權力。這種對親情關係的保護，在皇權被推翻的時代，實則是對社會基本秩序的保護。若是使親屬之間全無信任可言，只會導致父不父、子不子、夫不夫、妻不妻的碎片化社會。

「妻子怎能去告發自己的丈夫？父親怎能去揭發自己的兒子？」在《論法的精神》中，孟德斯鳩質問，懲罰一種罪惡，難道需要製造出另外一種罪惡嗎？

孔子在《論語》中說，「父為子隱，子為父隱，直在其中矣」。在「以孝治天下」的中國古代封建社會，「親親相隱」不僅是道德規範，同時也是法律條文，所謂「禮法合治」。如果告發需要為之隱的親屬，除非是謀反等大罪，否則相隱無罪，告發反而要被治罪。原因也很簡單，如果連血緣關係都不可信，那麼，還能相信什麼。畢竟，家庭是社會的細胞，而倫理則是維繫家庭存在的基石。如果連至親至近的人都要加以提防，無論是作為人，還是作為社會，成本都太高。

可以看出，「大義滅親」在中國淵源流長的歷史，借著司法和道義，主導中國精神幾千年。而把「大義滅親」發展到極致的正是在國共兩黨的鬥爭與大陸的文革。

在國共兩黨鬥爭的時期，「大義滅親」被高揚到了極致，兩黨同志都以此為至高的道德理想，殘酷地去滅另一個黨的「親情」，把傳統的家人、親情踐踏在了各自信奉的「義」的腳底下，「家」這個古老又現代的人的依託被碾得破裂、粉碎，血肉淋漓。

丁玲的長篇小說《太陽照在桑乾河上》二十四：《果樹園》一章中曾提到：「要是都能像張正國那才好。這是一條漢子，大義滅親，死活只有一個黨。」把對一個黨的忠誠上升到無限高的程度，另一個黨就被貶的無限低，以致非

滅不可，這其實正是內在專制心理的體現，對一方的「義」，就變成對另一方的「不義」，正恰如臺灣作家姜貴在小說《重陽》中所寫：

> 錢本三並不在乎「忘恩負義」這一類的罵名。因為「大義滅親」和「忘恩負義」也可以說並無分別，這還有辯論的餘地。錢本三所顧慮的倒是此一幕終了之後彼此怎樣再見面的問題。他的那一個「曲終人散」的預感，使他受到許多的自我約束，而不能放手去做……〔註1〕

中國國共兩黨鬥爭與內戰的歷史是一場兄弟、姐妹之間鬥爭與戰鬥的歷史，他們基本都如王家一樣，出自同一家庭，有著相同或相近的血緣關係。他們鬥爭的結局是國家分裂在海峽兩岸，與此同時，無數的家族親人也隨之分裂於兩岸。「大義滅親」成了兩黨都高舉的革命旗幟。無數的家庭、家族因之破裂分化，同胞變成仇敵，王氏家族如此，影響歷史深遠的宋氏三姐妹也是如此，無數的中國家庭都是如此。

事實上，這些勇猛地大義滅親的青年，激情高漲時完全忘了自己對「家」的依賴。如王統照在小說《春華》中所描述的：

> 照例地三等火車上的人數分外擁擠，男的，女的，都帶著一片的歡喜心往家中走。許多學生界的活動都停止了，怎樣熱心的青年也不免為回家的心思打動。本來他們都是由鄉下來的，那家族的念頭就如一張不清晰的魚網把他們捕捉住，儘管是高唱著吃人禮教與打破家族觀念的新口號，而事實上他們一天不把鄉下寄來的錢在這個大城裏花費，就一天的日子也沒法過活下去。〔註2〕

這些激進的年輕人也由此引發了與家長的衝突與矛盾，反而使他們更加義無反顧：

> 「你，……你看：咱族中那些無天無法的孩子們，鬧，……一個勁兒鬧！類如堅石，……類如巽甫，……不，桐葉村的巽甫，……你還有什麼不明白？……」〔註3〕

所以，在這樣的意義上，無數家庭分裂在兩岸，不相往來，不是獨特個

〔註1〕見姜貴《重陽》，臺灣皇冠出版社，1973年版，451頁。
〔註2〕見王統照《春華》，《王統照全集》第三卷，中國工人出版社，2009年版，278頁。
〔註3〕見王統照《春華》，《王統照全集》第三卷，中國工人出版社，2009年版，310頁。

案，而是那個時代整個中華民族的集體縮影，是至今隔離在兩岸的「國」在「家」的層面上的典型反映。王家儘管在意識上分裂，相互之間還沒有直接在肉體上互相消滅，但在那個時代，比這慘烈的比比皆是。其中，歷史記載的當時國民黨重慶市長楊森殺死共產黨的親侄女楊漢秀是更為慘烈的一個國共鬥爭大義滅親的案例：

楊漢秀是國民黨重慶市長楊森的親侄女，受共產黨朱德的影響，奔赴延安，後受共產黨派遣，回到重慶從事地下工作。她曾被捕，伯父楊森對她說：你只要說一句「不再鬧事」，或者說一句「不再革命」的話，馬上就釋放你並恢復自由。可她回答說：什麼是「鬧事」？我要革命，要革命到最後一刻！楊森在族內親人的央求下，於 1949 年 4 月將她保釋出獄，接到楊公館中住下，責令她不准再參與共產黨活動，並提出送她到美國去生活，遭到她的拒絕。11 月 23 日，楊森潰逃前夕，下令刑警處將她拖進一輛小轎車內勒死，並將其遺體抬到破碉堡中掩埋。

這樣的親屬互相殘殺在國共兩黨的鬥爭中比比皆是，是兩岸親友至今分離的內在主因。在大陸文革中更是發展到登峰造極，國家政權強令親友互相揭發，父母兒女劃清界限……可以說幾千年從政治到法律對大義滅親的強化宣揚，「主義」之爭勝過親情凝結已成為中國人的一個普遍的國民性特點。它已根深蒂固地存在於每一個中國人心靈深處，一旦情形激發，就會爆發出來。可以說，在二十世紀，中國延續兩千多年的家族制度被主義之爭「爭」得支離破碎，血肉淋漓，對每一個深陷其中的個體都構成深深的創痛。

而長期以來，在中國人的文化意識裏「大義滅親」被當作美德加以極力宣揚是有其偏頗之處的，今後，就像應當從法律條文中刪除一樣，也不應該再當作美德過於宣揚，它對中國人倫親情的傷害還遠沒有得到清理與反思，中國的道德法制也不能再建立在親人之間互相傷害的基礎上，是該呵護中國人被「大義」屢屢傷害的脆弱的人倫親情了！

而任何所謂以家族親人自相殘殺為前提的「大義」，本身是否就是該質疑的呢？

# 第七章　政治歷史邊緣的女性

## 第一節　比戈多更無望的等待：姜貴大陸的原配高氏

　　以《旋風》知名的姜貴，本人也似旋風般，早早地從家人的生活中消失，家人都生活在他的文字世界裏，他卻生活在家人之外⋯⋯

　　海峽兩岸的長期阻隔，他的作品久不為大陸所知，為作者諱，為海峽阻，留下太多的疑問與懸疑。

　　姜貴（王意堅）在家鄉山東省諸城市相州鎮有一個明媒正娶的原配妻子，可他在臺灣無論是在自傳還是在小說裏，都對她隻字不肯提及，不知是因為記憶模糊，還是對臺灣家人有所忌諱？王意堅婚後即逃走，因此他們沒有孩子。那或許早已不復記憶的一天，卻是她的一生。她在姜貴的一切敘事之外，而姜貴則是她生活的全部。

　　這也是導致王意堅離家永不回的根本原因。

　　關於他的離家，臺灣方面的解釋是逃避共產黨的洗腦，這固然是原因之一，但不是最主要的，王家族人王樂平作為山東國民黨元老，為國民黨培養的王家子弟實在不少。他最欣賞的弟子，《旋風》中「八姑」原型王慧蘭的胞兄王深林就是他的得力幹將，（後成為農工民主黨的重要發起人與負責人，文革中被周恩來總理點名受保護），王慧蘭本人也是由國民黨元老丁惟汾介紹入黨的老牌國民黨員，這些人都生活在大陸，並一直與家鄉族人保持著密切的聯繫。五十年代王慧蘭與丈夫被派駐德國外交官，直到 1962 年去世，並未因她的國民黨身份受到過衝擊。遷臺的國民黨立法委員王立哉的四個兒女 1949 年之後也都留在大陸，與王氏族人過從甚密。而姜貴是在二十年代就離家不

回，那時的黨派之爭還不至於影響到與家人的關係。所以即使黨派之爭，他早年從此離家不歸且斷絕一切聯繫的理由是難以站得住腳的，何況也無法解釋王翔千從 1928 年就基本退出了政治活動而姜貴依然不回家。其最直接的原因便是他與濟南唱京音大鼓的女孩的愛情惹怒了家人，並強行給他娶了個高高壯壯的當地姑娘。而在新婚的當晚，他就離家出走，並從此與家人斷絕了關係……

王翔千的六個兒女在《懷念我們的父親王翔千》一文中曾提及王樂平當時在年輕人中的重大影響力，王家子弟在兩個黨派之間遊走是一種普遍現象，而不是姜貴的個別現象，姜貴的出走應該也與王樂平有關係，因為王樂平當時是膠澳中學的創辦者，《重陽》裏面錢本三的原型就是他，也可見姜貴對其的熟撚。

姜貴在《無違集》中，曾含糊說道：

　　王意堅一去濟南，為了安全，就很少回家。後來為了婚姻問題，他又和嗣母任蘭寅之間發生了嚴重的歧見。等王意堅在上海娶妻，自立門戶之後，他不但和他的嗣母，至和他的生父生母，帶星堂一門的家族關係，都差不多斷了〔註1〕……

關於王意堅（姜貴），關於他的原配，目前在大陸唯一找到的文字資料是王翔千長女、姜貴堂姐黃秀珍（本名王辯，《旋風》方其蕙原型）在 1983 年12 月 4 日給諸城文史資料委員會的信，還是為查明她五大爺王鳴韶的辛亥烈士身份而順便提及的：

　　王翔千有叔兄弟共八人，他排行第六，有個五大爺比他略大點，是三祖母的親生長子。我還依稀記得，那一年他剪了髮回到家中，還帶了個假辮子。可惜我不知道他的名字，只聽說他是在高密上中學，被同學們硬剪去的。那年快過春節了，五大爺從家中出走，家中打發人去追，沒追上，也不知是追的人不負責，反正沒見著人。還有關於呂標（諸城市的一個鎮）的事，我記不清是怎樣說的了。以後聽我母親說過，袁世凱派人到諸城，撒上藥讓人認屍，不知道三祖母家派人去沒有，大概是沒有人去。五大娘從此守寡終身，過繼她同母胞弟七叔的兒子王意堅為子，還替他娶了媳婦。後來王意堅因家庭不和出走無音訊，現在他媳婦還活著，土改後回到娘家住

---

〔註 1〕見姜貴《無違集》《幼獅文藝》叢書，1974 年版，93 頁。

著。他的地址相州村的鄭啟東同志知道。我認為有必要查明我五大爺是否是當時諸城起義的犧牲者。我的印象中一直是袁世凱成了民國的人以後撒藥讓人認屍的，不是在他失敗後，人才敢去認屍。據王翔千說，五大爺資質很聰明，參加革命是有可能的。文史資料上的王鳴韶，不知是不是。資料中有兩個烈士是相州中學學生，可惜我就沒趕上知道了。〔註2〕

王辯說的「家庭不和」的離家原因看來是更符合實際情況的。姜貴在《無違集》中曾說他是在1926年17歲的時候離家出走的，那麼，他與這位配的結婚日期很可能就是1926年。姜貴（王意堅）民國18年也就是1929年在上海與嚴雪梅女士舉行婚禮的時候，她的原配高氏還本分安靜地與他守寡的嗣母生活在他諸城相州老家裏。相州土改是1945年，這也就是說姜貴在上海又結婚後，她以「王意堅媳婦」的名義只在相州就又等了整整16年……

因姜貴自小在外地求學，又很早從家鄉銷聲匿跡，家鄉人對他並不是很熟，但對他那位原配，因為她一直生活在相州，卻較為熟悉。相州街的老人們講，這個高姓女子，個子高高的，長的並不醜，遺憾的是，知道她地址的鄭啟東已經去世，現在的相州已沒人記得她的娘家是那個村，而當地的村莊星羅棋佈，在難以確切知道她名字與村莊名字的情況下查找起來十分困難。

目前仍健在的王志堅（《旋風》「方天芷」原型）的女兒王南，現已八十歲，是濟南圖書館退休職員，小時候曾在相州山海關巷子裏生活過。據她回憶，她小時候就常到姜貴的嗣母五奶奶家去玩，五奶奶家院子裏有棵石榴樹，她小時候常去摘石榴吃。她喊姜貴的原配「七嬸」，據她說，當時去娶這位原配的不是姜貴本人，而是她二爺爺家的一個姑姑頂王意堅之名，帶著轎子去把這位原配娶回來，家人寫信騙姜貴說母親病重，讓他回家，他一回家，就把他強行推進洞房裏去，遭到姜貴的堅決抵制，當晚就出走，從此沒有回過家，但她一直聽家人說起這位七叔。據她回憶，有次她去，七嬸曾拿出姜貴與後娶的妻子與孩子的照片給她看，說：「看看你七叔與孩子的照片……」看來這位原配是知道姜貴再娶的情況的，但她沒走，在那樣的年代，這也屬正常。王南回憶，這位七嬸是長臉，不知是否長期獨居的原因，臉色灰暗，皮膚粗糙，並不好看。這樣說來，家長等於為姜貴設了個騙局，這不能不嚴重地

〔註2〕見《諸城文史資料》，一至七輯合訂本，諸城市政協文史資料委員會編，1987年12月，163頁。

傷害了姜貴的家族感情,也毀掉了這位可憐的原配的一生。

　　儘管姜貴對她無情,但相州王家對她還是不錯的,因為王家是地主,土改時不把她送回家,她也難逃挨鬥的命運,甚至批鬥致死都有可能。姜貴自己在臺灣出版的自傳中曾提到她的嗣母在土改時的情況:

　　　民國三十四年,陰曆八月間,她和我的母親同遭共匪迫害,被
　　禁足在一座廟裏,終至於死……〔註3〕

並說這是他的胞弟王愛堅寫信告訴他的,他是否知曉這位原配的情況則不得而知。而姜貴這位原配居然長壽,一直與王家有聯繫,八十年代還回相州探過街坊老親。1980年,當姜貴去世的時候,她居然還活著,還在等待中……這可真是等到生、等到死、等到地老天荒永無止息……

　　而相州已經是她回不去的家,作為地主,她的相依為命的婆婆已經死去,家產已被沒收,她癡心等待的人沒有音訊、蹤跡……

　　此文在《萬象》雜誌2009年11月刊登後,筆者幾經周折,終於打聽到高氏回到娘家的情況,補記如下:

　　相州當初送她回娘家的鄭啟東的孫子告訴筆者,當時他姑姑還是小孩隨著他爺爺一起去送她的,現在,他這位姑姑,也就是鄭啟東的小女兒鄭秀美老人隨兒子住在諸城城裏,他給我聯繫了一下,我就前去拜訪這位鄭秀美老人,問她相州很多人都不知道的高氏的娘家,她脫口而出:「是埠口!」她說那位高大娘可是個好人,心眼實在太好了!我問她醜不醜時,她立即就說:「不醜,很漂亮!說人家醜真是冤枉!」

　　知道了是埠口村,下一步的難題是如何去。我雖然是土生土長的諸城人,也從未聽說過這村,壓根不知這村子在哪裏,又不知該如何前往,於是去找我家的至交、老鄰居馬躍順大哥,我想他在諸城任職多年,或許認識個村幹部什麼的接應我一下,免得我冒昧地闖入一個全然陌生的村莊。馬大哥立即就說:「你就用我的車去」於是,第二天,由他的公子馬文曲親自駕駛,我們就往埠口趕,不知道方向,就先去相州找找看,沒想到相州人說不知道有這麼個村,還好,電話找到一個親戚,他告訴我們是安丘景芝旁邊,原來這村屬安丘縣,怪不得諸城人都不知道呢。於是我們倆一路打聽終於到了埠口村,一個綠樹掩映的小村莊,中間一條柏油馬路橫貫而過,村口有個門掛著衛生

〔註3〕見姜貴《姜貴中短篇小說集》,應鳳凰編,臺灣九歌出版社,2003年12月版,
　　　209頁。

所的牌子，我就下車打聽，一屋子的老人正圍著一個穿白大褂的醫生閒聊。我大致問起高氏的情況，想找她家後人，一個年邁的老阿姨，馬上就說，知道啊！埠口人十分純樸熱情，這個老人行走困難，只能靠推著個自行車支撐著行走。還好不遠，她把我們引進在村裏開飯店的高氏的侄孫子家裏。就這樣我們終於找到了姜貴的原配高氏的堂孫高新國、孫媳婦趙金萍夫婦。她的後人一看就是善良熱情的忠厚人家，高新國夫婦熱情地把我們迎進屋內，告訴我他就是由高月蘭老人抱大的，他小時姑媽對他極為疼愛，高月蘭晚年在西安病危，他還特別趕去伺候了一個多月。隨後，把他們知道的所有情況，包括照片都找出來慷慨送我，我第二次又去，他們還特地把家裏瞭解情況的老人找來，把詳細情況跟我談。看來我的擔憂完全多餘，埠口及高氏一家十分純樸熱情，也沒用找村幹部，所有資料基本找齊了。綜合兩次訪談，關於高氏回娘家後的情況大致整理如下：

姜貴的原配高氏，開始無名，回娘家後跟著生產隊下地幹活掙工分，屬埠口第三生產隊，生產隊給她起了個名字叫高月蘭。高家不是普通百姓，也是書香門第，高月蘭的弟弟與堂弟均是大學生，有的還是留學生，她本人也略通文墨，但程度不高。整個埠口村基本都姓高，是本家，也因此關係融洽。高月蘭的弟弟高廣平 1937 年 6 月畢業於山東大學機械系，1937 年 9 月至 1938 年 1 月在西安參加中華民族解放先鋒隊，1939 年奔赴延安，參加了八路軍，後長期在共產黨創辦的大學擔任領導工作。高月蘭就一直由弟弟照顧生活。高月蘭剛從相州回娘家時她母親和奶奶還健在，由她侍候兩個老人，直至過世。1953 年她母親與奶奶去世後，就去東北工學院找她弟弟高廣平，在東北待了三四年不習慣，就回家自己過。後來，她的堂弟媳騰秀華在村裏小學任教，她的丈夫，也就是高月蘭的堂弟是日本留學生，戰爭中受驚嚇病逝，騰秀華獨自帶著兩個孩子過，高月蘭就與她們三口合併在一起過，幫著照顧孩子。值得指出的是，高氏在相州與姜貴的肆母是兩個寡婦一起過，回娘家後，仍是與堂弟媳兩個寡婦一起過，山東連年的戰亂，留下太多的寡婦、孤兒，很多家庭如此並不奇怪。她弟弟感謝她照顧老人，說只要他活著就照顧她，只要還會走，就接到西安去。1982 年秋天，她弟弟高廣平從西安建築科技大學黨委書記的位置上退休後，就把她接到西安去了，一直與弟弟一家一起生活，直至 1988 年因顴骨癌去世，在西安就地安葬，享年 86 歲。她比姜貴大四歲，當地盛行女比男大。

與她一起生活多年的騰秀華老人介紹：「三姐很聰明，辦事很聰明，待人

很好,小孩都願意找她,她也常幫很多人家照看小孩,娘家人都來圍著她轉。」
因為她弟弟常給她寄錢來,算是手頭寬裕,因此,村人常來找她借錢,她也
常幫助別人,對孩子們尤其慷慨關照。她回娘家後,對相州的事基本不提,
別人也不便提,因此甚少談起。騰秀華老人說她很堅強,從不掉淚。只說她
其實一直不知道她丈夫長什麼樣子,想來洞房裏的匆匆一面,姜貴可能看清
了她,而她毫無思想準備,可能連看也沒敢看姜貴就從此永別了。只聽說剛
過門時王家家法嚴,她都要跪著伺候婆婆抽大煙。騰秀華老人也說她知道姜
貴在外面另找了,人家長期不回來,想也就想到了。她回娘家後,姜貴弟弟
王愛堅的兩個兒子王鉗、王鑄曾多次來埠口看望這位大伯母,想來她在王家
時也對這些孩子不錯。

　　因為她弟弟在八路軍任職,家裏掛了兩個光榮牌,埠口村子小,又多是
高家本家,因此土改鬥爭不厲害,她與娘家人一直相處融洽。當筆者問及:
為何回到娘家也不再另找時,她的堂侄高冠文老人說:「大家閨秀不能再找,
回娘家已經很沒面子了!」。她年輕的堂孫子媳婦在一旁一直喊:「太不長人
腸子了!」(當地土話,沒良心的意思),她的堂侄高冠文老人說:「不能怪姑
父,只能怪那個時代!」他們提起姜貴,就稱姑父。

五十年代高月蘭(前排右一)在東北與弟弟高廣平一家合影
(王瑞華翻拍於高家)

高月蘭（前排右）在娘家曾長期與堂弟媳騰秀華及
其兩個孩子一起生活（王瑞華翻拍於高家）

姜貴是在《無違集》中曾自我解釋：

　　　　五四之後，婚姻自主的理論已經建立，但距真正實行還差一大
　　段距離。姜貴未經父母之命，私定終身，這是他嗣母所不能容忍的。
　　但更重要的還是這對未婚夫婦的年齡，男十六，女十四，還都是虛
　　歲，實在也太小了。〔註4〕

　　這樣的說法顯然是在對並不瞭解王家情況的人、根據當時流行的觀點的
簡單辯解，其實，相州王家史稱「老實王家」，一直推崇道德文章，在王家保
守的積習裏，即便是成年人，無論是誰，也決不會允許他們娶個戲子的，甚
至連離婚、納妾都是頗受垢病的事情。所以，不管姜貴自己把與唱京音大鼓
的女孩的戀情描寫的多麼美好，他小小年紀的出軌，已經觸犯了家族大忌，
為整個家族所難以容忍，直到現在有些相州老人認為他好玩、好嫖，大概也
緣於此。姜貴自己也未嘗不知道這點，他在自傳中曾很清楚地寫道：「大伯父
的第二個兒子，即我的二哥，也算是一個怪人。他廢寢忘食，迷於做舊詩，又
跑到杭州去當了和尚。還俗後，任相州小學校長，卻又討小老婆，放印子錢。
所有他這些行動，都帶『叛逆性』。我家祖制，以『詩書繼世，忠厚傳家』為

〔註 4〕見姜貴《姜貴中短篇小說集》，應鳳凰編，臺灣九歌出版社，2003 年 12 月版，
　　　234 頁。

訓，從來沒有人納妾，沒有人放印子錢，更不要說當和尚了。」王志堅回鄉當小學校長期間，致力教育，頗有建樹，相州王氏私立小學在他努力下得到重大發展，他討的小老婆也不是姜貴小說裏寫的他的學生，而是個不識字的農家姑娘，主要也是大老婆沒生兒子的緣故。王志堅 1947 年被槍殺後（1979 年獲得平反），他的小老婆帶著他唯一的兒子逃難、流浪到北海壽光鹽鹼地，那裡至今是發送勞改犯的地方，改嫁了個當地鹽工。王志堅一生致力於教育救國，兒子、孫子卻全變成了不識字的文盲。姜貴不提這些，卻對他的私生活多有微詞，如此說來，他自己名正言順的兩次婚姻又如何解釋呢？

晚年高月蘭老人與弟弟高廣平在一起

高月蘭晚年在西安

　　姜貴彷彿是隱身幕後的高人，家人看不到他，他對家人倒是一清二楚。姜貴在《無違集》中曾提到與胞弟有通信關係，他的堂妹王慧蘭 1938 年與臧克家離婚，他還是兩個見證人之一，如此說來，他與弟弟、妹妹還是保持著聯繫的，姜貴對於家鄉的情況的瞭解很可能也主要來自他的這些弟弟、妹妹們。否則難以理解遠離家鄉的姜貴是如何對家族大小事務皆了然如掌的。姜貴胞弟王愛堅娶當地一農家姑娘，擔任過國民黨時期相州鄉公所文書，日本佔領相州後，他仍擔任鄉公所文書，是鄉公所的實際負責人，土改時被批鬥並被掃地出門，後來去了青島，1972 年帶著老婆與兒子、兒媳從青島被遣返回相州，他土改時被掃地出門後的三間房子一直沒人住，回來後仍住在裏面。據當地人講，當時正在建學校，王愛堅被安排給學校看門、看建築材料，他二兒媳是大學生，不滿跟著地主丈夫遣返農村，經常吵架，對王愛堅也不孝敬，王愛堅本也心情抑鬱，後來在他看管的學校屋樑上上吊自殺。文革後，他的兒子與家人又都返回了青島。姜貴的生父王鳴柯到土改時家境已敗落，因此沒有受到批鬥。但姜貴早年離家出走後與家人基本斷絕聯繫，姜貴在《旋風》中描寫的許多家族事情卻是那麼精確細緻，有些細節、人物即便身在其中的當事人也都未必清楚的，而姜貴則知之甚詳。高陽在《關於「旋風」的研究》一文中曾提到小說裏面「補償心理」這一說，姜貴本人少小離家，老大亦未回，在小說裏卻是事無鉅細洋洋灑灑寫開去，又何償不是對他本人的一種補償心理？他對家族的愛怨情殤似乎是都只能體現在他的文字中了。

　　姜貴在《旋風》第六章中曾很詳實地描述以自己的堂哥王志堅為原型的「方天芷」與只會「談喂驢推磨」的高高壯壯的農家姑娘的婚姻不幸：

> 　　方天芷是一個孤僻的人。他由於父母之命與媒妁之言而娶進了一位和他全不相投的太太，是他的一件最大的憾事。他和他的這位太太雖然已經生下了許多孩子，而他認為她根本一無可取。比方說，他是喜歡嬌小玲瓏這一型的，而太太是一個高頭大馬，望之如半截塔。他喜歡清靜的無言的美，而太太是一張貧嘴，絮絮不休，不管人要聽不要聽。她是一個種田人家的女孩子，你要和她談喂驢推磨，她是在行的。至於下圍棋做舊詩，甚至飲酒喝茶，她都一竅不通。天芷的父親是一位老秀才，他各方面都為天芷所親所敬，祇有替他討進這樣一

位太太來，他認為是老人家頂頂對不起他的一件事。〔註5〕

姜貴小說裏的這段描寫基本是確實的。王統照《春華》中對堅石的妻子幾乎也是如此：

> 妻，……他想到這個有趣的字，自己在暗中輕輕地笑了。婚姻更是一件滑稽的趣劇。她是一個完全的農家姑娘，像這些事儘管對她說是不能明白的。她只知道有一顆樸實的心，一份真誠的忍耐罷了。以後與母親怎麼能長久合得來？她的生活又待怎樣？
>
> 眼前現出一個健壯的少婦的身影，她只會高興地癡笑，與受了冤屈時的擦眼淚。那紅紅的臉腔上永遠是蘊含著農家女兒的青春的豐盛。日後，那難以安排的她的未來！……〔註6〕

王志堅的結髮妻子，據當地人講：「是個大胖漢，吃肉能吃一大盆……」王志堅的父親王鳴謙與姜貴的生父王鳴柯、嗣父王鳴韶還有王鳴和是同一個父親的親兄弟四個，王鳴和的兩個兒子王德堅與王恩堅均在土改時被打死。在對兒子們的婚姻上，父輩們似乎比較一致，都傾向於給這些書生子弟娶高高壯壯的鄉下姑娘。王志堅的婚姻狀況能讓姜貴清清楚楚地看到自己的未來婚姻狀況，王志堅的現在就是他的將來，他於是不再如兩度出家的王志堅的隱忍與退讓，乾脆一走了之，從此一了百了。

姜貴在其小說《三豔婦》，說是帶有自傳性質，他與女護士、女作家的那段感情也許都是有真實生活的影子，而他最後選擇的卻是個高大樸實、對其極好的鄉下姑娘李桂姊，不知是否是在小說裏對原配的一個懺悔與安慰？在《門》中，又寫了兩代寡婦共同生活的情形，那位終於被她的夢中情人騎著駿馬接走的「人面榴花」的「望門寡」王惜嬌，不知是否寄託著姜貴對她的一腔痛惜與希望？

高氏的一生，是孤獨等待的一生，此「等」綿綿無絕期，她的等，比等待戈多更漫長，更無望……

以理想或國家大蠹名義下的英雄壯舉，為什麼總伴隨著身邊最無辜的犧牲者？

滔滔海峽水，流淌著多少華夏兒女癡情的血和淚？

---

〔註5〕見姜貴《旋風》，臺灣九歌出版社，1999年9月版，76頁。

〔註6〕見王統照《春華》，《王統照全集》第三卷，中國工人出版社，2009年版，262頁。

## 第二節　文學與革命的愛與殤：王統照與隋煥東的
##　　　　一段生死戀情

　　王統照在 1921 年 2 月 12 日至 6 月 18 日寫了 3 大本日記，計 7 萬餘字，
稱為《民國十年日記》。王統照之子王立誠認為：

> 這部日記實際上是一部結構鬆懈的「私小說」或者說是「赤裸
> 裸的心靈自白」，也是「五四」新文學運動以來發掘出的極少數活生
> 生的歷史見證之一，其中間斷地記載著他和沈雁冰、鄭振鐸之間的
> 通信往來，他對於葉聖陶、冰心諸先生的評論和當時北京文學研究
> 會同人的一些活動。也記載著他是如何如饑似渴地鑽研泰戈爾的
> 《迦檀偈利》詩集和愛爾蘭詩人夏芝的《微光集》的。〔註 7〕

　　不僅如此，日記中還記錄了王統照青年時代與同鄉隋煥東的一段刻骨銘
心的戀情。王統照生前一直把這幾本日記和一幅沾滿淚跡的繡花手帕一起保
存在他隨身使用的一個小皮箱裏。他去世以後，家人整理遺稿時發現了這部
日記和其他遺物，經再三考慮，決定將這部日記公之於世，遂於 1997 年公開
出版，日記中所記錄的王統照與隋煥東的生死戀情，也終於在王統照誕辰 100
週年之際公之於世。這時距王統照去世已整整 40 年了。

　　王統照日記中魂牽夢繞的「玉妹」是他的同鄉隋煥東，「玉妹」是王統照
對隋煥東的昵稱。日記中，王統照把他與隋煥東相戀相識、深情眷眷，以及
兩人在北京相處的點點細節與哀怨情傷都詳細記錄下來。從中可以看到那個
時代為了愛情而苦苦掙扎的兩顆年輕心靈，那種難以言說的愛情傷痛，實在
是一曲感人至深的「五四」式的愛情悲歌，讀來令人感懷動情。然而，兩人當
時只是秘密交往，所以日記中對隋煥東的身世沒有說明，我們能從日記中看
到王統照對隋煥東的癡情愛戀，卻難以確切知道這位「玉妹」的詳細情況。
五四以後，王統照雖蜚聲文壇，人們對隋煥東卻一無所知。為了澄清王統照
與隋煥東的這一段生死戀情，筆者根據目前所能掌握的史料，試將這位「玉
妹」與王統照的生死戀情詳細還原。

　　隋煥東是諸城人，與王統照同鄉，是一位接受過辛亥革命和五四啟蒙的
知識新女性。關於她的家庭背景和身世，她的胞妹隋靈壁寫給諸城文史資料

---

〔註 7〕見王立誠《關於玉妹的日記》《瓣香心語——王統照紀傳》，山西人民出版社，
　　　　1999，23 頁。

委員會的《一代新女性隋煥東》一文有詳細介紹，現全文轉錄如下：

隋煥東，名廷玫，以字行。山東省諸城市昌城鎮隋家官莊人。生於1898年（清光緒二十四年）。父親隋理堂是諸城最早的同盟會員之一，在諸城、安丘、高密一帶進行推翻滿清、建立民國的革命活動，組織家族中的青年參加革命。煥東受父親的影響，15歲就參加了同盟會。1911年在濟南女子師範學校讀書。1913年父親因進行反袁（袁世凱）活動被捕，關押在濟南監獄。煥東假期從家中回校後，借女師學監與內政司長龔積柄的兄妹關係，營救父親得以釋放。當時有救父緹縈之稱。

1916年煥東從女子師範畢業，回諸城在縣立兩級女校教書。「五‧四」運動爆發，旅京、旅濟的學生回縣宣傳，縣高等小學和兩級女學都組織了反日會，並在西關商業繁榮地區召開了反日大會。隋煥東和高等小學的徐寶梯（即陶鈍）都是領導人。在這個反日大會上，高小學生王伯年破指血書「寧死不當亡國奴」七個大字，群眾情緒激昂，全場痛哭流涕。暑假期間，昌城鄉和相州鎮都在本鄉召開了反日大會，昌城鄉大會在劉家河岔村召開，隋理堂先生和徐寶梯主持大會，煥東在大會上做了慷慨激昂的講演，他的講話動人心弦，催人淚下。爾時昌城鄉還沒有天足的婦女出頭露面，煥東得風氣之先，對農村婦女群眾影響深遠。

1920年，煥東考入北京國立女子師範大學，她愛好文藝，與新文藝作家王統照、新詩人臧亦邊等人常相往來，自己也經常寫作詩文在報刊上發表。畢業後去綏遠省教書。

1924年馮玉祥在山海關起義，曹錕賄選政府倒臺，吳佩孚的武力統一失敗，段祺瑞組織臨時執政府。在南方，中國國民黨召開了第一次代表大會，孫中山先生改組了國民黨，確立了「聯俄、聯共、扶助農工」的三大政策，實現了與共產黨合作救中國的遠大目標。此時，煥東參加了國共合作的國民黨，並在孫中山先生北上時，被推為參加國民促進會的山東代表。她和劉清揚同是北京婦女界的活躍分子。

當時以李大釗為首的國民黨北京執行部，同反對國共合作的西山會議派進行了堅決的鬥爭，山東、湖南等省的部分國民黨員成立了孫中山主義大同盟，勇敢地站在北京執行部一邊，而煥東就是大

同盟的一員，協助北京執行部領導人丁惟汾進行工作。她堅決擁護
孫中山的三大政策，反對蔣介石破壞國共合作的惡劣行徑及取消群
眾運動的獨裁行為，因而經常被派到北方各省市去進行黨的活動。
後來蔣介石以陳果夫代替了丁惟汾的國民黨組織部長，煥東即離開
丁惟汾，跟隨孫中山的親密戰友何香凝先生做秘書工作。

　　1927 年，蔣介石發動了「四‧一二」事變，屠殺共產黨員，北
方軍伐張作霖則搜查蘇聯大使館，逮捕並殺害了李大釗、路友於等
20 名同志，煥東聞訊萬分悲憤，由此染病在身，但她仍奮不顧身的
繼續為堅持國共合作而努力工作。1930 年煥東因腹膜炎病逝於北
京，年僅 32 歲，她與李冠洋結婚僅年餘，無生育，死後葬於北京西
山慈幼院墓地。〔註 8〕

　　隋靈璧也是一位革命新女性，曾陪同周恩來等赴重慶談判，與毛澤東等
中共主要領導人都有過交往，生前是民革中央委員會婦女部主任，她與隋煥
東是至親，又有相同的革命經歷，她的表述無疑為我們提供了第一手可靠的
資料。

　　關於隋煥東青年時期的革命經歷，她的諸城同鄉——曾於 1919 年五四運
動期間與隋煥東一起在家鄉組織反日大會，後來成為全國曲藝協會主席的陶
鈍（又名徐寶梯）有一段回憶：

　　　　隋家官莊有個隋理堂老先生，他是動員我祖父送我入高小的前
　　輩。他在清朝是個秀才，現在是山東省議會的議員。他又是同盟會
　　的會員，見過孫中山先生，競選過山東省參議會的議長沒有成功。
　　他對我奔走開反日會極口贊成，誇我愛國，答應我一定到會，並且
　　叫出他的大姑娘隋煥東和我認識。隋大姑娘，不只我這樣稱呼她，
　　縣城甚至省城的一些知道她的人都這樣稱呼她。她年紀約二十二三
　　歲，山東省立女子師範畢業，現在縣立兩級女學當教員。細高條身
　　材，四方臉、大眼睛，頭上梳了兩個蘑菇髻，上身穿愛國布（其實
　　也是英國紗織的）短衫，下身是黑綢裙子。那是袖齊手腕，裙掃腳
　　面。在縣城開反日大會的時候，兩級女學是她帶隊。因為在縣城組
　　織反日大會是互相知道的。那時還是男女授受不親的時代，不能隨

〔註 8〕見隋靈璧《一代新女性隋煥東》，諸城市政協文史資料委員會編，《諸城文史
　　　資料》第十一輯，濰坊市新聞出版局准印證，1990 年版，147 頁。

便談話。她在自己家裏見到我，說話很開朗，我倒顯得很羞澀。叫她什麼呢？不是同學，又不是同事，叫她隋老師又太尊。我叫隋老先生表大爺，順口叫她表姐，她卻按省城男女學生因公接觸的習慣叫我徐先生。

反日大會的會場設在劉家河岔，離我家只有二里、十幾個村子最遠的東老莊也不過五里。這十幾個村子，共有十處小學。劉家河岔的張校長得知會場設在他那個村子裏，十分歡迎，答應布置會場的一切。若是按今天的習慣只要打掃出一個會場地址來，掛上國旗，一切都完了。學生可以自帶小板凳和小馬紮就行了。可是那時上層人士認為和農民一樣矮坐不成體統，所以會場要放下小學的凳子，還不夠又向村民借了一些，會場裏的坐位全是凳子，而且擺得很整齊。會場周圍的樹上和牆上貼滿了標語。隋老先生指定他們小學一位教師——曾跟他在省城活動的人——作司儀。第一項是推舉主席：張校長推舉隋老先生，隋老先生推舉張校長。最後還是張校長，恭敬不如從命當了主席。城裏的紳士只要是出大門就穿大褂馬褂，熱天也不穿短衣出門。我們高小學生在鄉下沒有穿大褂的習慣，弄個大褂進城時就穿上，出城就脫下來，在肘窩裏夾著。在城裏不穿大褂，如果被校長和老師碰上，就要因為「不敬」記一條過。這天反日大會上，鄉下教師一律不穿大褂，只有隋老先生和張校長都穿大褂，不外加馬褂，就算是常禮服了。隋大姑娘還是在學校裏上課時的打扮，就不能不惹得鄉下人注意。特別是鄉下婦女看到一個大腳板、長裙子，頭上挽著兩個疙瘩的姑娘，覺得很是稀罕。秩序單上第一項是宣布開會，第二項主席致開會詞。這位張校長是到過濟南的，有人說他到過北京。平日他講的是本地話，上了主席臺就講「官話」了，表明自己不是一般的鄉下老，是走了官場，見過世面的。他的話小學生們聽不懂，教師們聽到有點驚訝，想不到他是個鄉宦。在第三項——講演，宣布以後隋大姑娘向兩邊的人略作謙讓之後，緩步上了主席臺了。教師們帶頭，小學生們跟著鼓起掌來。這時不僅會場裏的目光集中向她，周圍的牆頭上樹杈上都上去了人。他們，也有她們從來沒見過大腳板，走起路來一掀一掀的樣子，也沒見過長裙子、蘑菇髻。會場周圍抬著筐、扛著鋤的男人也聚了

不少。我看到會場裏有一部分凳子空著，想去招呼他們來坐下聽聽，可是我不到他們面前還好，到了他們面前，他們抽身回頭就走了。再走向幾個也是同樣，像是趕他們走似的，我就停止招呼了。這位大姑娘在濟南女子師範上學的時候就是一位活動分子。今天在小學生、小學教師面前她毫不拘束。她向場子前一鞠躬就講話了。第一句就是「同胞們」。她的講話好像早已背熟了：從日本帝國主義要侵略中國，先從山東下毒手；全國四萬萬同胞，山東 3800 萬同胞要當亡國奴開頭，越說越激動，忍不住聲淚俱下，嗚咽的聽不清講的什麼了。臺下的教員學生被她激情所感動得也紛紛落淚。司儀趁這機會高呼「打倒日本帝國主義！」、「抵制日本貨！」臺下也跟著呼喊。她在講完了話下臺的時候，還用手絹抹眼淚。接著各校的教師有兩位講演，都是有準備的背講詞。隋家官莊小學的學生，十三四歲四年級生也上臺講了背熟的詞。最後一項是喊口號，經過開會學生們也習慣了，口號喊得有點聲勢了。這次反日會開過以後，我們也沒有查日貨，鄉村裏依然風平浪靜。〔註 9〕

　　從陶鈍的描述中，不難想像這位隋大姑娘的青春風采。轟轟烈烈的五四運動以後，風華正茂、激情昂揚的隋煥東赴北京求學，在北京求學期間，她與王統照墮入了愛河。

　　其實，王統照與隋煥東很早就認識了。1913 年，王統照 17 歲就讀於山東省立第一中學，寒假時從濟南返故鄉諸城，在火車上，巧遇同在省城讀書的諸城隋家的兩位兄弟，還有他們的妹妹隋煥東。既是同鄉，又是立志有為的年輕人，他們一路相談甚歡。這次相遇，使少年王統照和隋煥東產生了愛慕之情。對此，王統照《民國十年日記》3 月 26 日有明確記載：

　　　　且回念八年前春假中由濟歸里，與玉妹同車，彼時方皆年少，雖不得深言而神相冥契，至為欣慰。是時，春氣融暖，已更夾衣，道旁花草皆放微馨。是日因車行出軌，易車誤點，比及坊子站已十點鐘矣。冷風細雨，汽輪砰轟，猶記在車中購得蘿蔔數枚，聊以潤喉。以半枚餉予，相接之際，感愛交迸，其中心快愉，匪言可宣。是晚即同寓一棧，予攜一僕與多人居一大室，妹與其二兄及一較小之小密斯臧住南室。晚間飯後予往妹室中言，「予室人多臭惡不可

當，」妹之少兄言：「汝何不移至此室外間？」（以草附泥作壁而無門）予唯微笑不答，而妹則盤膝坐床上，予移時遂去。〔註10〕

這次相遇以後，王統照與隋煥東情竇初開，但兩人交往並不順利。在濟南一中讀書期間，王統照曾因參與反對校長事件被開除。學潮事件以後，王統照去北京讀書，隋煥東在濟南。兩年以後，19歲的王統照奉母命回鄉成婚，娶了山東巨富瑞生祥綢緞莊的獨養女兒孟昭蘭（字自芳，有時用「字芳」二字）為妻。婚後第二年，母親就讓妻子搬到濟南與他同住，不久，兒子王濟誠出生。雖然婚後生活平靜，但王統照對隋煥東難以忘懷，時常悵然若失。1920年暑假，已在北京讀大學的王統照回濟南探親。在大明湖公園，又遇到了美麗的隋煥東，王統照勸說她到北京求學，報考女師大。不久，隋煥東考入北京國立女子師範大學。進入女師大以後，隋煥東每當節假日、星期天便到王統照的公寓，一起補習英文和中文，兩人由此開始了一段致命的苦戀。

北京求學這段時間，王統照與隋煥東兩情眷眷、情意纏綿。隋煥東曾寫過一首詩：「清寒天氣雨絲絲，嫩柳含煙舞綠枝。料得今朝小院裏，有人悵望恨來遲。」王統照《民國十年日記》2月18日有這樣的記載：

晨興，貯滿懷熱望，俟玉妹來。俟至近午，又復杳然。予知今日又成空想，遂覺身心搖搖，無一絲力氣以自持。〔註11〕

對於王統照與隋煥東的戀情，王統照的夫人孟昭蘭（字芳）不但知情，而且是理解的。王統照《民國十年日記》5月4日對此有說明：

予在省寓與字芳之言談有關玉妹者甚多，記不勝計，後得暇補記可也。總之予一夜曾對字芳言：「予之愛玉妹實過於對汝。」伊顏色日見枯黃，非若少婦之風致也，但伊對予與玉妹之關心與諒解，予實心感於無極也。〔註12〕

不幸的是，王統照與隋煥東在北京陷入熱戀的這段時間，隋煥東身體染病。王統照把隋煥東之病因歸咎於自己，他在《民國十年日記》2月18日寫道：

玉妹因予已伏可悲之病根於身，清咳體熱。前經醫者診視，其

〔註10〕見王統照《民國十年日記》，王立誠《瓣香心語》附錄，山西人民出版社，1999年版，187頁。

〔註11〕見王統照《民國十年日記》，王立誠《瓣香心語》附錄，山西人民出版社，1999年版，175頁。

〔註12〕見王統照《民國十年日記》，王立誠《瓣香心語》附錄，山西人民出版社，1999年版，219頁。

　　身心血虧欠，兼悲傷不眠，時自啜泣，如此華年，已令他人看之至為惋惜，況予也耶！今秋冬際尤甚。予愛之不殊害之，然予雖即為無上聰明亦無法處此也。玉妹！玉妹！予知汝不怨予，且愛予之誠直以血淚相塗，他日使妹萬一先逝者，予何生為亦豈尚能生耶？嗟乎！玉妹，予書至此，萬念淒咽，異日或汝見次冊當亦淚痕透紙也！〔註13〕

王統照《民國十年日記》多次提到隋煥東的病情以及為她買藥等，令他念茲在茲，牽掛不已。5月8日的日記中寫到：

　　予所至慮者惟一事，則妹之病是，昨朝妹言近日已確知病已現相，午後腿疼體懶或小腹緊陷微熱，此甚可愁。且已近三月……如何！如何！妹此病非一朝夕之故，來源已久，而予時時抱我雖不殺伯仁之隱恨，恚悔而無可如何，天何此酷。予囑妹覓醫診治，妹又不肯，將若何耶！若何耶！〔註14〕

王統照一方面為隋煥東的病情而揪心，一方面也更加珍視隋煥東對自己的知遇之情。他在3月26日的日記中寫到：

　　真正能愛我知我者，我非作妄言，此不能不推玉妹。予即此刻與玉妹同死，自覺更無繫戀者。玉妹亦苦病纏綿，身體虛弱，計及將來，殊為歡惋……。〔註15〕

因王統照與隋煥東戀愛之事招致飛語流言，他母親聞訊後命兒媳帶孩子從濟南搬到北京，與丈夫同住。自此，王統照與隋煥東之間的往來被隔斷。不久，王統照母親離世。王統照幼年喪父，由母親撫養長大，母親的去世讓他甚為悲痛，照顧家庭的責任也更加重。因此，母親去世後，王統照舉家遷居青島，離開了北京這塊傷心之地。關於王統照的離京，有一種說法是因為翻譯出錯而受到胡適等人的攻擊，現在看來應是各種原因綜合促成的，除了喪母的悲痛，與隋煥東愛情無望也是一個重要因素。《民國十年日記》中，王統照多次歎息世間的苦楚相思最甚，但考慮對母親的愛，對家庭的責任，王

---

〔註13〕見王統照《民國十年日記》，王立誠《瓣香心語》附錄，山西人民出版社，1999年版，177頁。

〔註14〕見王統照《民國十年日記》，王立誠《瓣香心語》附錄，山西人民出版社，1999年版，227頁。

〔註15〕見王統照《民國十年日記》，王立誠《瓣香心語》附錄，山西人民出版社，1999年版，188頁。

統照始終沒有衝破封建婚姻樊籠的勇氣，他因此在日記中自嘲：「既可稱為狂思無當之青年，亦可謂為自然情愛之囚徒」。

從家庭背景上看，王統照與隋煥東的熱戀既有個人的機遇，也有同鄉的因緣。王家與隋家同是諸城的大戶，王統照在濟南省立一中讀書時是校內有名的才子，隋煥東的父親隋理堂先生對他很是賞識。在濟南、北京求學期間，王統照與隋煥東和隋煥東的妹妹隋靈璧交往密切，在北京的時候王統照還曾與隋煥東的兩個侄子租屋同住。王統照日記中提到隋理堂先生曾專門寫信給他，請他多關照自己的孩子。因著這些交往，王統照對隋煥東的妹妹隋靈璧也是照顧有加，情同手足，終生保持著深厚的情誼。隋靈璧曾回憶說「我感到他對我比親兄長還親，自我童年起就撫育我，教育我」。她在《我與王統照兄》一文中，記錄了與王統照的交往：

> 我和劍三兄（王統照）第一次見面，是我到濟南上中學時。那時劍三在省立一中尚未畢業，我父親在濟南當省議員。一次他到我家，父親為我們作了介紹，才彼此相識。不久父親去世，他成了我在外地讀書時唯一依靠，不論學習上、生活上有什麼困難都去找他。我從濟南女師畢業以後，拿不定主意報考什麼大學，他主張先考北京女子師範大學，如不錄取，再報考中國大學（當時他在中國大學上學），結果我兩校都被錄取，我選錢玄同先生（著名科學家錢三強的父親），其他教師也多是有名學者……我的英語基礎差，聽課非常吃力，而劍三先生的英語特好，總是在上課之前，先給我講一遍，這樣聽課時便輕鬆多了。
>
> 他在中國大學上學，住在新華公寓，和我的兩個上大學的侄子住在一起。課餘時間，他常幫我練習英文寫作，在他的幫助下，我的英語進步很快。以後他又找來一些英文短篇叫我譯成中文，我試譯了幾篇，他親自幫助修改，有時竟被文學刊物錄用了……。
>
> ……
>
> 劍三大學還沒畢業，就把家眷搬到了北京。他結婚很早，夫人是章丘舊軍孟家（舊軍是鎮名），我叫她二嫂。她家是舊軍孟家的一個分支，在青島開著資金雄厚的商店。劍三本家有幾十頃地的產業，岳父家又是山東有名的財東，自然經濟上是富裕的。但是令人稱道的是他家的生活卻相當儉樸，租住的房屋比較狹窄，全家人衣著樸

　　素，吃的用的都與一般平民無多大差別，這與那些地主、資本家的少爺、小姐花天酒地的奢侈生活相比，簡直有天壤之別。

　　　　劍三兄對家裏人自奉儉約，對別人卻慷慨解囊。每逢星期天，我們同學七八人同去逛公園，午飯皆由劍三兄招待。我們這些窮學生，在校吃官費，本身無積蓄，能在星期天歡聚一起，全賴劍三兄之助，大家從內心裏感激他。〔註16〕

　　在相愛無望的情況下，王統照選擇了服從母親、承擔家庭的責任。隋煥東在與王統照熱戀時已是病身，又深受情傷之痛，但她畢竟是受過革命啟蒙的新知識女性，並沒有被這次的感情挫折所擊倒。隋煥東本就出身國民黨世家（其父隋理堂是山東國民黨元老、山東最早的同盟會員之一，是諸城辛亥起義的主要領導人，還參選過省議長）與當時在北京從事革命活動的同鄉、國民黨早期重要領導人路友於交往頗多，隋煥東也加入了國民黨，後赴武漢參加國民革命，曾隨何香凝作秘書工作。

　　路友於與王統照是山東省立第一中學的同學，在濟南讀書期間，同為諸城籍的路友於、王統照、楊金城因語文成績突出而被稱為「諸城三傑」，「三傑」後來都有較好的發展，但楊金城不幸早逝，王統照與路友於一直保持了深厚的同窗同鄉情誼。路友於中學畢業後赴日本留學，與王統照一直通信探討時政問題，還在王統照主編的刊物上發表文章。回國後加入國民黨，積極從事國共合作，深得李大釗賞識，1927 年 4 月與李大釗同時被捕、同時就義。關於路友於與隋煥東的交往情況，隋靈璧的回憶文章《追憶路友於烈士》中寫到：

　　　　我童年時，曾聽父親說：「路汝悌（友於的名）的文章我看過，這孩子很有才分……王統照、路汝悌、楊金城是咱們諸城的才子，你要好好向他們學習……。」

　　　　就在 1927 年 4 月初的一天我到蘇聯大使館去看友於。這時外面的空氣已十分緊張，大門緊閉……有人正在水缸裏燒文件。大釗同志坐在屋內中間，大概是在指揮處理文件。友於住在北屋的西間，見面後，我說接到我姐從武漢來信，叫我來看看你近期的情況，她聽說北京形勢緊張，甚為牽掛，要你務必注意，以防不測。友於告訴我，住在使館安全，外交上有規定，他們不敢怎麼樣……他一直

---

〔註16〕見隋靈璧《我與王統照兄》，諸城文史資料委員會編，《王統照先生懷思錄》，中國文史出版社，1991，143 頁。

把我送到門口，我從後門出去，安全返回了住處……。〔註17〕

從家庭背景看，路家與隋家相距僅5里地，路友於與隋家的交往比王統照更早、更密切。路友於堂弟路仲英在《堂兄路友於往事瑣憶》中回憶路友於：

> 在與隋家官莊的親友往來中，常獲同盟會員隋理堂先生的教誨，及其在外地求學的子女隋少堂、隋少亭、隋煥東等進步青年的影響，幼小的心靈，激起了奮發報國之情，一心想去城裏高等小學讀書。〔註18〕

由此看來，隋煥東是路友於童年時期的偶像式人物。基於這樣的同鄉情誼，隋煥東與路友於在北京他鄉遇故知，隋煥東在與王統照熱戀的絕望掙扎中得到路友於的引導和幫助應在情理之中，他們之間由鄉情、友情而互相引為知己也是很自然的。

隋煥東與路友於北京相遇後關係密切。對此，路友於的胞弟路君約（1949年後到臺灣做大學教授，是臺灣著名學者）在《懷念二哥友於》一文中有述及：

> 當1927年二哥北返抵京後，曾寫信給煥東姐說，他最牽掛著兩個人。豈料一個月後他竟捨棄他所掛念的所有人殉國而去。二年後，煥東姐病逝北京，竟也安眠在翠微山馬路的那一邊的半山坡上。〔註19〕

這裡所說路友於就義前夕「最牽掛著兩個人」，一個是隋煥東，一個是路君約。另外，路友於的北大同學（也是路友於、隋煥東的同鄉，早年曾留學蘇聯，八十年代曾擔任過山東省副省長）王哲曾撰有《長留風範在人間——深切懷念路友於同志》，文中提到：

> 1927年4月5日（這個時間有誤，路友於就義於4月28日——引者著）我在武漢遇到了隋煥東（友於的同鄉和戰友）。她痛苦流涕地告訴我友於遇難的消息。這對我簡直如晴天霹靂。」〔註20〕

---

〔註17〕見隋靈璧《追憶路友於烈士》，《民主革命的先驅——路友於》，山東人民出版社，1988，60～65頁。

〔註18〕見路仲英《堂兄路友於往事瑣憶》，《民主革命的先驅——路友於》，山東人民出版社，1988，86頁。

〔註19〕見路君約《懷念二哥友於》《民主革命的先驅——路友於》，山東人民出版社，1988，95頁。

〔註20〕見王哲《長留風範在人間——深切懷念路友於同志》，《民主革命的先驅——路友於》山東人民出版社，1988，31頁。

以上回憶中，可見路友於與隋煥東情誼深厚，由此也可以想見路友於犧牲對於隋煥東的打擊是十分沉重的。

值得補充一點的是：路友於胞弟路君約的獨生女兒即是臺灣著名作家平路（本名路平）。

筆者 2013 年在臺灣有幸面談，並把有她二伯父參加的《空前的悲壯與慘烈：不該被遺忘的諸城辛亥起義》一文贈送與她，她也多次提到二伯父路友於對她與家人的影響，這也成為她創作的契機，她在香港《趨勢》雜誌 2014年 1 期發表的《多少諸城舊事》特提到：

> 我二伯父路友於，從辛亥年底的起義裏逃過一劫，民國十六年在絞刑臺上就義，那是更悲壯的死法。遇難前他在北京，政治上非常活躍，與李大釗是親密戰友，而隋煥東當時是何香凝的秘書。這批熱血青年組成「中山主義大同盟」，與北方的軍閥勢力纏鬥。他們當時屬於國民黨左派，秘密串聯北京各界，組織反對英日等八國最後通牒的集會遊行。我二伯父曾在《益世報》作主筆，長於議論，他一人負責起草《北京國民大會宣言》。當時風聲日緊，一批同志藏身蘇聯大使館內，張作霖派軍隊進去緝捕。後來，我二伯父與李大釗一起站上絞刑臺，遇害時才 32 歲。

> 據家父記憶，二伯父臨行前仍然一臉昂然，不減英雄氣概。二伯父的死難，在家族中烙下至深的傷痕。家父當年在北京上學，為兄長闖市收屍，晚年的父親提起來還是老淚縱橫。二伯父的悲劇，實屬我父親一生的至慟。

> 如今從王瑞華的文章中讀到辛亥年底諸城的浩劫，湮遠的人與事，絲絲縷縷，竟都牽連了起來。

> 其實何曾湮遠？多年來，二伯父的悲劇，始終也是我自己心上的深刻印痕。我寫的長篇小說《行道天涯》裏，在宋慶齡與鄧演達身上，或有我二伯父與他的同志的影子吧。從小到大，父親一遍遍把二伯父的事說給我聽，何其堅貞又何其浪漫，終成為我心目中理想主義的原型！而鄧演達在當年正是二伯父最要好的朋友。

> 二伯父遇害後四年，鄧演達也遇害了。因為天真？因為過於充沛的熱情？因為處身的大時代？一個接一個，像是撲火的飛蛾……

年輕的生命化成灰燼，但在家人心裏，卻是抹不去的悲愴。想
著我的父祖之輩所經歷的時代，此刻讀到王瑞華的文章，今昔之感，
一時俱在心頭。〔註21〕

關於隋煥東英年早逝，隋靈璧和路君約的回憶文章中都將其直接原因歸
為路友於犧牲的刺激和打擊，這是可以肯定的。但通過王統照《民國十年日
記》還可以看到：隋煥東的病根在她與王統照熱戀時已經種下了，與王統照
熱戀的絕望已經使隋煥東元氣大傷，路友於的犧牲對有病在身的隋煥東是最
後的致命一擊。人們之所以將隋煥東的早逝與路友於的犧牲聯繫在一起，是
因為路友於與隋煥東的這段感情對親友是公開的，而隋煥東與王統照的那段
生死戀情卻一直是對親友保密的。正因為如此，知情者普遍把隋煥東的死因
歸結到路友於的犧牲造成的打擊，而不知病根其實在王統照身上。隋煥東病
逝後，王統照的悲痛可以想像。到1936年冬，他還寫下了《月上海棠》一詞，
寄託對「玉妹」的無限懷思與追憶：

凌波去後音塵絕，幽香空付柔腸結，幾番沉吟，應自悔負心輕
別，空相慰，留得夢魂清澈。

與隋煥東的熱戀，是王統照一生唯一的一次戀愛。與隋煥東離別後，他
與夫人字芳過起了平淡的家庭生活，全力投身文學創作，主編雜誌，培養文
學新人。但他心中始終沒有忘記隋煥東，那部記載了他們青春之戀的《民國
十年日記》他隨身攜帶，陪伴了他一生。王統照身體的早衰與早逝應該與這
段感情有關。隋煥東病逝後，王統照把她的胞妹隋靈璧當作親妹妹一樣關心
和愛護，也可見王統照對隋煥東一往情深。

從歷史上看，五四以後諸城兩大才子王統照、路友於與才女隋煥東之間
的愛情悲劇是耐人尋味的——王統照、路友於都出身於名門望族，他們的婚
姻都是家庭包辦，他們同在學生時代接受了革命與啟蒙的洗禮，又同在革命
與啟蒙的進程中遇到了同樣出身於諸城名門望族的紅顏知己隋煥東，他們的
愛情是五四新文化運動的結晶，但最後都只能以悲劇結局而告終。作為五四
前後接受了革命與啟蒙洗禮的知識新女性，隋煥東以自己的青春與愛情實踐
了一代知識新女性的追求與夢想。她美麗而短暫的人生，不僅點燃了兩顆青
年才俊的感情火花，也照亮了中國文學與歷史的一角。

---

〔註21〕見平路《多少諸城舊事》，《趨勢》雜誌（香港），2014年第1期，58～59頁。

# 附錄一　王立哉：九十憶往

**目次**

## 1. 家世

　　余姓王，名培禔，字履齊。嗣以從事秘密革命工作，同志多認係中央委員河北省元老王法勤字勵齊先生，發生許多誤會，遂改字立哉，並以字行。民國前十七年，即遜清光緒二十一年，歲次乙未，西元一八九五年，農曆十二月初十日，生於祖籍山東省諸城縣西南鄉王家樓子。村中以王姓居多，北有山崗屏立，前則原野平疇，「南望馬耳常山，出沒隱現，若近若遠」蘇軾早於其超然臺記一文中，對此地之優美環境，予以肯定。附近田畝縱橫，園圃棋布，周圍遍植海棠，每到春來，嫣紅一片。

　　余家世代耕讀，詩禮相傳。高祖諱霖傅，字公普，善工筆繪事，尤精畫蝶。祖諱俊三，字灼堂，以書法篆刻名聞遠近。晚年中風，纏綿病榻者有年。父諱炳午，字子駿，飽讀詩書，倡辦家鄉教育。美髯垂胸，貌極慈祥。排難解紛，濟貧扶弱，為鄉里所推崇。先嚴兄弟二人，先叔諱炳西，字秩成，少先父三歲。先父娶諸城北鄉草營莊楊氏，係先外祖楊成雯公之三女，性情賢淑，治家有方，全家一切事物，悉賴主持。余母舅三人，大舅楊軫字虎眉，其孫繼宗來臺，任職臺北市環境保護局，現已退休。二舅楊輪字魯奇，其子伯超表弟，曾從余受業，並同從事黨務工作，惜淪陷大陸，不知所終。三舅楊軒字鶴圖。

　　光緒二十六七年間，從先叔父之議，兄弟分爨，析居之後，家道益寒。而長姊適於歸，須為準備妝奩，捉襟見肘，生活更窘。詎意禍不單行，光緒三十一年四月初七日先母竟以生產，誤於庸醫而棄養，痛哉！先母生余兄弟姊妹六人：長姊適普慶張守約君，次姐適大英村王景祥字孝甫君，三妹適岳戈

莊王孝生君，四妹適日照郭村張善津君。繼母張氏，生三女：五六兩妹均適仁里臧氏。七妹作璋，本在濟南女子師範肄業；七七事變後還鄉，參加游擊部隊工作，不幸落馬摔傷腰部，竟以傷逝。兄培禎字祥齊，娶范家車村范氏，生女鎬，子釗及鈖。鎬歸漢車莊李作航君。釗於抗戰時投身陸軍官校西安分校，不幸於對日作戰時殉職。鈖則在故鄉助其父侍奉祖父。

余娶苗家溝孫氏士益，係先父受業師孫奎虛先生之次孫女，亦即余岳父孫鎮南先生之次女。於民國元年三月來歸，侍奉翁姑，備極賢孝，生長女鈞，七七事變時肄業濟南女子中學，隨校西遷，在湖北渡漢水時，以船沉而歿。在船沉後，余曾向湖北省之山東同鄉會洽詢經過情況，同鄉會派賈慕夷禠贊廷二先生前往調查。據查詢當地民眾，均稱：該出事之船以漏水久未使用，且又超載，焉有不沉之理。故此次沉船實應由主事者負其責。余當將所得情形，面陳教育部長陳立夫先生。承批示：已訓示該校校長楊展雲，對遇難學生之善後應妥善處理，並安慰其家長，今後絕不容再有此等事件之發生。也就不了了之。次女鍵，畢業於四川白沙國立女子師範學院，在中央圖書館服務。勝利復員後，於三十六年在南京勵志社與政治大學畢業服務農民銀行之德縣張連均君結婚。長男金名，畢業於國立中央大學歷史學系，初任白沙大學先修班教員。勝利後，應其師之召，赴青島市立女子中學任教。三十六年冬余在南京以癌症動手術時，來京侍疾，並轉任職於立法院。迨南京撤守，以無交通工具，致陷大陸。幼女缽於勝利還都後，考入中華女子中學初中部，三十七年冬隨余撤至桂林。三十八年夏農民銀行奉令遷渝，連均來桂林接鍵同行。時桂林情況日急，缽乃隨其姐同去渝。日後即各自東西。

方三十二年余在魯南服務省參議會時，聞先父避亂，暫住仁里五妹處。乃設法通過敵偽匪區，返仁里省視。適先兄祥齊亦到，相聚三天，共敘天倫，內心至為愉悅。孰意此一別離，竟成永訣。先父於民國四十三年農曆六月三十日棄養，距生於民國前四十二年，享壽八十五歲。先兄祥齊與其次子鈖姪則先於四十一年逝世，鈖姪遺有二子，長名光超。

先叔秩成公有五子：長培禠字福亭。次培祿字世亭，生子鎮嵩。三培祁字雲亭，生子三：長金石，陸軍官校畢業，抗戰時在新疆邊防地殉職。次金城，山東省立滋陽師範學校畢業，隨國立濟南第三聯合中學來臺，參加臺灣省高級中學教員檢定及格，現在省立羅東高級中學任教。與同在羅東國民小學任教之同鄉王麗景女士結婚，生有二男一女。長男玨泓，畢業於龍華工專，

現在工廠任工程師，已娶妻生女。次男玨泃，現肄業於中國文化大學。女玨曼，畢業於銘傳女子商專，現在公司任職，適劉臺，已生子。金城之弟金蘭陷大陸，情況不明。四培祥，字吉亭。五培禮，字立亭，以後字行。黃埔（三）軍校第四期畢業後，應邀赴東北從事黨務工作，後被調中央黨務學校（即政大前身）任訓導工作。重慶淪陷後，行蹤不明。

先嚴曾以家道中落，被迫輟學，深感失讀之苦。以是余幼年牧飼負販之餘，親授四子書，督促嚴厲，余亦知奮勉，恒苦讀至深夜。年十五歲，伯父煒辰字紀龍公，遜清舉人，執教鄉立枳溝高等小學。以其熱愛鄉里。滿懷救國壯志。身教言教，意在移風易俗，從教育中培植英才。當時余被召隨讀，親受教益。

先伯父為國父孫中山先生領導之同盟會員，以是得習聞，國父領導革命之主義與事蹟，激發革命意識，乃於民國元年十八歲時，經負責諸城黨務之王樹成字靭三及王瑞年字新甫兩先生介紹，參加國民黨，從事革命工作。並於是年與同邑孫士益小姐結婚。

## 2. 山東省立第四師範學校

民國二年，長女鈞出生，備受全家寵愛。同時余亦考升山東公立青州師範。當時正值行政轄區改制，府衙撤銷，經費奇缺，學生日以饅饅稀飯及鹹菜果腹，眾皆稱師範學生為「饅稀鹹」。三年，政府將當時之登州及萊州兩公立師範與青州師範合併，改制為省立第四師範學校。校長劉尚敬字志安，辦學極為認真，學校日有進步。學生多係農家子弟，家境清寒，學雜日用等費，均感捉襟見肘，困難重重。文學科目，多由學生合力油印；科學方面之書籍，則東湊西借，大費周折。唯因如此，眾皆對於光陰之珍惜，課業之苦修，維勤維儉，埋頭書案，畢業成績均極優異，對母校更深懷念。

余同屆之畢業同學中，以王景祥字孝甫成績最佳，名列首魁。既同鄉，兼戚誼，與有榮焉。孝甫兄文學超群，博聞強記。所讀所學，不但瞭解深切，而且融會貫通，為當時全校師生所欽羨。日後從事教育工作，自民國八年任本縣教育局長十年。整理教育款產，寬籌教育經費。增設學校：本縣小學原只三十餘所，歷年增設至百數十處。更充實原有之師範講習所，增設建議師範學校，以加強培育小學師資。並增設縣立中學及商業學校各一所。成績卓著，對人才之培育貢獻至大。

孝甫兄有子三人：長志信，字篤修，國立南開大學畢業，亦終生從事教

育工作。初任山東省教育廳督學，繼任國立中學校長。後轉任國立臺北工專教授，現已退休。次子志平，現任交通部國際電信局高級技術員。與同鄉李恩周先生之女公子玉貞結婚，生女佩泉，子鏡泉，均大學畢業。佩泉現任私立光仁中學教員。鏡泉任中興電工機械公司工程師，與河南郭克靜女士結婚，已生子，名詠華。三子志登，陷大陸。

　　余前後期畢業同學之來臺者，有蘇繼周字郁文，孫繩武字丕光，徐家駒字軼千，高文清字鏡秋，閻珂卿等，均已作古。年屆較晚之趙設科字立文同學，亦已年逾八十，現退休，居臺北縣板橋市。

　　當時師範學制：分一二兩部，第一部五年畢業，第二部二年畢業，另有師範講習科一年畢業。余所讀者為本科第一部，民國六年畢業。次女鍵已兩週歲矣。（五）

　　關於省立第四師範成立經過，順便略述：清末山東每府設一師範，共十五所。民國三年，省教育廳將各府之師範合併為四所：在濟南者為第一師範，在曲阜者為第二師範，在聊城者為第三師範，而第四師範係登青萊三州所合併，初以萊陽較為適中，於是校址擬設在萊陽。省教育廳任命劉尚敬（志安）先生為校長，令其籌劃進行。當時青州師範有學生二班，接到通知後，即分別到青州搬取行李，以備去萊州。第一級之諸城學生有吳培基（止塵），第二級學生有鄭蘭堂（佩芝）、王瑞平（德甫）、王景祥（孝甫）、王培禔（履齊）、王培祜（景羊）、共六人；公推余於六月中旬去青州搬取行李。到校後，只有傳達李東泰在門房，見余熱烈歡迎，在會客室給我理出一處住宿。並云：「劉校長率同韓庶務去登萊查看校址：登州根本無校舍，亦無學生；萊州有一破爛校址，不堪應用，亦無學生；唯青州有學生兩班，校址為清代之考棚，可以應用；所以都認為設在青州為宜。請於教育廳，已蒙批准。劉校長又聘請孫用言與辛鑄久兩先生為學監。先把到校之舊有學生廿五人舉行編班試驗，連新招學生共一百人，分兩班：稱第一級和第二級上課。鳩工庀材，修整校舍。如此以來第四師範於焉在青州（今益都）成立。猶憶當時校歌為『憶中華建國第三年，正東瀛紛侵連篇，是我校成立新紀元。同學負笈來翩翩，半島英才，三齊學子，誓將教育精研。風雲變幻，此志彌堅，努力哉、努力哉、著鞭！問諸君來學意云何，要認明宗旨無訛。望前途猛進莫蹉跎，先知先覺責任多，為學不厭，誨人不倦，茲是一生金科，此代文化由我非他，努力哉、努力哉、琢磨！』」

### 3. 計劃參加討袁

當余在第四師範肄業時，正值民國五年討袁之役。四五月間，居正朱霽青先生奉先總理命赴濰縣獨立，吳大洲薄子明亦奉命在周村獨立。同時呂子人在高密獨立，馬海龍李長樂在諸城獨立；各地相繼起兵，聲勢浩大。惟參加分子，良莠不齊，至情勢慌亂。益都第四師範及第十中學均宣布放假，學生各奔前程。余與兩校同鄉同學相偕由益都直去臨朐，經沂水轉莒縣，而各自回家。

時各地討袁風聲大熾，余亦難安家居，遂藉故去諸城。抵達縣城時，城門緊閉，費盡終日口舌之力，始得開門進城。探知相識之王佐明君任憲兵隊長，住閣街孟方陸家，乃前往拜會。談數分鐘，即欲留余在該隊工作。以其事忙，乃約定明天再去詳談。

出孟家後，轉赴獅子灣崖心源二叔祖家，秀南（名熙麐）四叔與培恕（次中）弟均在座。培恕弟以討袁部隊紀律欠佳，甚其形同盜匪，乃大喊：「我們應再來一次『討』討袁軍的革命，不然，是沒辦法的。」二叔祖即叱勿妄言。即由余報告進城所見所聞，及與王佐明會晤之經過與印象。二叔祖認為這樣的討袁軍，實難使人滿意。如果參加，或可增廣見聞；如認為毫無意義，回家亦可。秀南叔則認為馬海龍李長樂等的做法，實有背失民心；且馬李二人意見亦不一致，大有自相火並之勢。似可回家以觀變，不必留此亂城中。次日再去王佐明處，適友人張欽銘兄已先在，因與洽談，看法大致相同：可先在城裏觀察幾天，如彼等能有所改進，再一同參加。

余參加革命之心未死，適聞同班同學之郭村張次忠兄在高密，乃又經百尺河、岳溝、柴溝而至高密。費兩天之力，叫開城門進城；又經多方探尋，始查到次忠兄之職位與住處，而獲晤面。不料甫一見面，次忠兄即大呼：「你來幹什麼？」我說：「參加革命討袁！」他說：「恐怕你瞭解此地情形後，必將大失所望。因所有均係東北紅鬍子，做法如同土匪。他們識字的極少，我被約來即視同聖人，苦於無法離去。所以勸你不要和他們見面。倘一見面就不會讓你離開了。」

余在失望中，與次忠兄商酌，擬西去濰縣。以居正朱霽青兩先生奉總理命在濰縣起義討袁，當是真革命軍，不同於一般部隊。次忠兄以為我的想法可能是對的。不過佔領濰縣之某部分部隊，在尚未提到濰縣時半途為呂子人所截留改編，與居朱之部隊形同水火，不能相容。你如西去濰縣，途中恐怕

難以通過。余表面聽從其勸告，實則仍西行去濰縣。果然中途遇見部隊，確如次忠兄所說情形，實無法繼續西進。不得已乃繞道西南行，回到枳溝。到家後誑言去莎溝朱姓同學家玩了一個多月。身上所穿之白褲褂已變成灰色，不能再穿了。

前聞總理領導革命時，曾有人進言：「向總理要錢參加革命者，多數是騙錢而不作事。先生之錢得來不易，被人騙去實在冤枉。」總理云：「十個要錢的人，其中若有一人成功，就是我最大的收穫，沒有錢誰肯去犧牲。」余左思右想：如此次討袁之役，以我所見，高密諸城呂馬等之行為，誠令人不滿；但濰縣周村居朱吳等先生之成功，實令人敬佩。此種情形，正足以證明總理眼光之遠大，見解之正確。故對任何事不能以一點小不滿意而斷定大局，以偏概全。此足證余之所見者小，無補於大事，後當以為戒。

### 4. 諸城枳溝高等小學

余畢業返鄉，原擬與家人商酌，即赴北京報考高等師範，以期深造。詎意母校枳溝高等小學老校長徐廣華字莊南先生聞訊，即邀余與先伯紀龍公前往會晤。先是敘述一般鄉情，與地方教育之重要。枳溝鎮西鄰莒縣，南界日照，為三縣邊區之教育中心，附近學童，不分縣籍，皆以就讀枳溝小學為榮。但本縣教育經費有限，無力充分支持，該校經費多由地方自行籌措。徐校長有田數百畝，家境優裕；而其熱心教育之赤誠，較其理家治產之傳統觀念，猶有過之。此次邀余與先伯父來校，款待終日，並堅留在校過宿，以作徹夜之談。且謂：「枳溝小學為余所創辦，在地方人士艱苦支持下，已具相當基礎。惟校舍係借私產，經費亦多由各方捐助，有如生物之由幼苗而滋長茁壯，仍須大家繼續灌漑，多加愛護，以求將來之更加發展。歲月無情，余已衰老，無能長期支持下去。今有一構想，特邀汝伯侄詳加研商。培禔昔讀本校，今已師範畢業，學成回鄉，正應服務桑梓，為母校之發展盡其力量。余亦深知，繼續升學深造，早為汝之心願，但再過三年五載，並不為遲。今日開門見山，坦誠以告，吾人彼此合作，為地方教育犧牲一切。由培禔出力，擔任校長，全心辦好學校。由余出錢，所有不足之經費，由余全額補足，不再向人募捐。」

余與伯父聆聽之後，不勝惶恐，亦萬分感動。伯父急語曰：「年輕孩子，初出校門，經驗不足，何能擔負校長重任。」徐校長不假思索，立刻對曰：「汝亦教學多年，總該瞭解教育與時代之密切關係。社會進步，全由教育力量啟發推動。培禔師範畢業，所學切合時代，方法亦多更新進步。年輕人正

應有其抱負，展其所學。余已年老氣衰，對於學校今後之發展，已無能為力；但又不甘心目睹斯校之趨於敗落，故提出此一構想。余以為對地方、對國家均應如此。」

余與伯父為其對教育、對社會之熱誠壯語所感，實已無法推辭。乃由伯父提議，以折衷辦法，求其兩全。即由徐先生繼續擔任校長，對內對外，一如往常；余則以教員身份代拆代行，全力擔負日常校務。好在距其住家之游擊官莊，只有八里路程，隨時趨往請教亦甚方便。設遇要務，必須徐校長蒞校處理，則隨請隨到。日後由事實證明，學校凡有所需，前往徐府支取款項，分毫不打折扣。徐校長並叮囑其司帳，絕對不得有吝語嗇態，致生輕諾寡信之感。

余為徐校長偉大精神所感，對學校之擴充設備，改進教學，投下全部心力。由於經費短絀，除聘請專任教師外，已無餘力增用職員。有關教務、事物、會計、文書等一切雜務，皆由余於授課之餘，自行處理；俾儘量節省開支，以擴充班級。後因枳溝居民，在農作糊口之外，多係小本經營之肩挑負販，無力求學。遂復開辦夜間識字班，每晚二小時，由各位老師義務任教，余亦於每週三十節正課之外，再兼識字班五小時。前後不到三年時間，由於全體老師之不辭辛勞，熱心服務，結餘部分經費，修建學生宿舍十間，便利遠道學生寄宿。最後短缺之少數尾款，亦由地方人士樂捐湊足，圓滿完成。

在此期間，無論家長學生皆知學校創辦不易，求學機會難得，無不盡力誨導其子弟，循規守矩，認真讀書。間有家貧苦讀，無力購備書籍用品之學生，如姚民興，童揆石，張保泰等多人，均由余以個人薪俸購置，分別相贈。當時在校諸生多已超出學齡，不但知所努力，而且懂事明理。余常於課餘飯後，在庭院或宿舍中，與諸生談掌故，話家常，察知彼等對家長之辛勞，教師之訓誨，體會備至。

日後無論升學深造，或服務鄉里，均有良好表現。畢業學生之來臺者，記有王禎字式周（已故）、楊準字端甫、李仁藩字者安、王衢字幼眉、徐志民字子明（已故）、王泰岫字雲屏（已故）、王泰岷字蜀屏（已故）。雖經數十年離亂，且各為生活奔忙，仍不時前來舍間看望，親如家人。此等尊師重道精神，使余老年之憂寂生活，慰藉殊多。

民國七年，小兒銘降生，使此辛勤清苦家庭，憑添不少喜氣。內人上順公婆，下育子女，克盡婦道，余可專心校務，倍感勞而無怨。

### 5. 諸城縣立高等小學：黨務中心

　　時值歐戰方罷，日本趁機占我青島及膠濟鐵路。北洋政府昏聵愚私，內政外交，一籌莫展。全國民心日趨憤慨浮動。民國八年，我國代表在巴黎和會中，討論日本強佔青島問題失敗，舉國大嘩，激起五四運動。此新思潮之鼓舞彌漫，教育界首當其衝。知識青年莫不久靜思動，躍躍欲試。時有北京代表丘紀明，濟南代表鄭鏡秋，青州代表張鳳翔，聯袂到縣，展開宣傳聯絡，擴大救國運動。余應邀赴縣城參加開會，力主分區推動，建立據點，以把握基層，發揮組織功能。否則會終人散，作用消失，又是五分鐘的熱度。當於會中被推舉負責諸城莒縣日照高密四縣反日工作。所到之處，均有具體之集會策劃；商業界亦多支持響應，絕不販賣日貨。計劃付諸實施，順利達成任務。

　　從此外界關係日增，各地活動頻繁，勢將影響學校業務。且學校（枳溝）地處偏僻，對外聯絡無法隨時配合。遂忍痛辭去母校教職，赴濟南與各革命先進會晤，聆受工作指示，分派各地活動。十年七月，由丁惟汾王樂平兩先生介紹，加入中國國民黨，被派回縣，負責地方黨務。因設法調到縣立高等小學任教，以為掩護。校長王曾唯字貫一，與余同族同輩，相交篤厚。

　　翌年，余所任教之班級學生畢業，在籌備畢業典禮時，校長付以全權辦理。當時一般縣級學校對於學生畢業典禮並無任何儀式，只是校長老師分別講些離別話，以示鼓勵而已。余主張應隆重舉行，乃先列一大會程序，循序進行。除來賓師長致辭外，並有學生代表致謝辭，唱歡送歌與離別歌，均於事前編妥練熟，另有軍樂團配奏，過程十分熱烈動人。縣長及各機關首長均被邀請參加；在大會進行中，師長學生同感興奮。縣長更對王校長大加讚賞，對余則面予鼓勵，為縣內各級學校畢業典禮，首開新頁。從此打破地方上不少保守傳統，促成各方面之進步。雖會引起少數野心分子之嫉妒挑撥，繼而中傷余與校長間之感情，但實際余所負之基本任務，並不全在學校內部。乘機聯絡各地有志青年，並吸收其參加組織，不斷增強本黨力量，始為使命重心之所在。

### 6. 齊魯書社

　　民國十二年，被選充山東臨時省黨部秘書，乃赴濟南工作。為謀對外保密，兼任齊魯書社經理。該書社係王樂平先生所創辦，作為革命工作之秘密活動場所。樂平先生為灌輸青年新思想，初在其租賃之住處，設齊魯通訊社。並設有書攤，搜羅大量有關新思想之書刊，吸引不少青年學生，或看或買，生意不惡。

乃與聶湘溪熊觀民等共商集股兩千元，在大布政司街擴大開設齊魯書社。除在門市部出售書刊文具外，另有廳房三間，桌椅陳設相當完備。並設桌球一架，使前來購書之青年學生有一休閒時刻，亦為會議桌之偽裝。該書社之設立，除與各地組織聯絡通訊外，並成為機密會議場所，公治人員駐足之處。

### 7. 改組濟南學生會

當時臨時省黨部負責人丁惟汾及王樂平二位先生以軍閥迫害，隨時可能發生意外，相率避居北平。而其他委員王子壯、孟民言范予遂等又多以個人職務繁忙，甚少過問黨部工作。是以省黨部事務，多由余負責處理。

為發展黨務，喚起社會民眾之革命意識，乃由加強組織著手。時社會各業之公會多已先後成立：如理髮業公會係派由王崇五君指導成立，改選高永清為常務理事。後派王用章君指導印刷業公會改組成立，改選方子英為常務理事。而最重要之青年學生會則以有人把持，既不開會，亦不改組，自影響組織之活力。為便於工作進行，余遂於十三年暑期投考省立法政專門學校，以學生身份發動聯絡。乃於是年秋聯合各校代表聯名通知各校，定期在公園四照亭舉行改組學生會籌備會議，屆時各校代表：法政專校王經裕、丁史言、荊方楚、王立哉，工業專校鄭子瑜，商業專校夏雲沛，農業專校宋濤，醫學專校張葦村、呂香岩，礦業專校丁介千，第一師範王志堅、明雲峰（少華），第一中學於守璐、徐伯璞（名寶琦），正誼中學宋淑憬（梅村），育英中學黃勉齊，女子職業張志杰，女子師範王炳尊，齊集公園四照亭。而女子職校及齊魯中學全體學生則整隊而至。蓋該兩校正鬧風潮，希望各校代表出面為之調解。當經公推余為臨時主席，宣布開會。各校代表紛紛發言，咸以學生會早應開會改組，惜無人發起，致一再拖延。現既有人出面發動，即應由今日出席代表組成籌備會，研商定期舉行大會，選舉負責人，展開活動。各代表一致贊同，乃訂期假教育會開成立大會，並選舉正副會長。

會議之後，余將經過情形向省黨部提出報告。當奉指示：張葦村黃勉齊二人主持學生會多年，既不開會，亦不改選；而王立哉為此次改組學生會籌備會之主持人；由省黨部明令三人均不得參加競選學生會正副會長。由黨團切實執行，另推候選人。當舉行大會改選時，公推醫專呂香岩及法專荊方楚為正副會長候選人，並均以多數票當選。由是學生會改組成立，而有公開集會活動，成為濟南地區青年領導中心。此為余以齊魯書社經理兼法專學生對黨之些微貢獻。

### 8. 遴送黃埔學生

民國十三年，黃埔軍官學校成立，由各省遴介優秀青年赴粵應試。本省此項工作，即由余負責辦理。先聯絡各地黨工同志，在思想純正、熱愛國家之青年學生中，私密宣傳，推介參加。並掩護來省，專人護送廣州應試。山東名將李延年、王叔銘、項傅遠、李仙洲、李玉堂等，均係當時所選送者。

其中王叔銘將軍為諸城人，終生熱愛國家，效忠領袖，其事功彰著，勿待贅述。以曾從余受業，故知之較稔。王君原名鑣，字叔銘。後以與某高級軍官同名，奉命改名，乃改以字行。幼年個性外向好動。省黨部奉令遴送黃埔第一期學生，余即電召其來濟南。到達齊魯書社，告以總理為建立黨軍，創辦黃埔軍校，擬遴介其前往肄業。伊聞言喜極，由座椅跳起，竟大呼痛疼。蓋腰部生一瘡，跳起時碰到櫃檯，發生劇痛也。余即著其休息，俟明天就醫治療後再行動身赴粵。因第一批李延年李仙洲等六人已於當天晨間動身南下，他就說：「老師，這難得的機會一失，即難以再得，請趕快辦手續，俾便趕去。這點瘡痛，絕不會死在中途。」其剛強堅毅之志氣與決心，實令人欣慰。於是即辦妥手續，著其起行。

此後對王氏益加關愛，非只同鄉與師生之誼，實更讚佩其堅毅忠誠之精神。方二十二年二月間，余任青島商品檢驗局長時，接其自杭州發來患病求助之電報，心中至為焦灼。乃急匯款五百元接濟，以其正任職航空學校，即託該校校長轉交。並囑如有不足，當再繼續匯用。數月後，接其來信，告係染患傷寒，茲已痊癒。前所匯款尚餘二百餘元。因房東家人在病中殷勤照料，費盡心力，極為感激，乃將該款相贈，聊表謝意。並附病後照片，頭髮已多脫落，睹狀亦喜亦憐。此種欣幸情懷，非僅私人情誼，更以能為黨國愛此優秀幹部也。該病後照片，余多年來輾轉各地，一直保存。迨三十七年由桂林赴香港時，為防途中匪徒檢查，乃與其他照片文件等一併焚毀。

### 9. 辭讓一全大會代表

民國十三年一月，本黨第一次全國代表大會在粵舉行，余膺選為山東代表，準備赴廣州出席大會。按本次大會山東之代表共有名額六人，有總理指定三人，地方選舉三人。經總理指定者為丁惟汾、王樂平、張葦村。由全省代表七十二人在齊魯書社開會，選出王立哉、孟廣誥（民言）、王盡美（瑞俊）三人。王盡美為共產黨員，並負責山東地區工作，因當時在容共政策下，六代表中必有共黨一席。時丁惟汾主持北方黨務，駐節濟南，將偕主持山東黨

務之王樂平先生赴粵，出席大會。當以山東偪處軍閥肘腋之下，黨務工作易生意外，實有賴余之留省維持推動，自不便與丁王兩先生同時遠離。因將代表席位辭讓，由後補第一名楊泰峰遞補。於是由丁惟汾先生以本黨北京執行部名義，派余臨時主持山東黨務留濟。消息傳出，一般青年同志，深感惋惜。第一中學及第一師範同志並推派代表於守璐、徐寶琦（伯璞）、王志堅、明雲峰等，對余面致慰問之意。

同時共產黨山東另一負責人吳慧銘，以向通匯銀行詐財案被捕，供稱其住址為齊魯書社。於是督軍鄭士奇派其警衛旅長，親到齊魯書社查詢。余當請其到後面宿舍察看，根本無住客之房間。並告以吳某曾來書社翻閱書籍，自稱為正誼中學教員。既係顧客，自不能不稍事應酬，以圖拉攏生意。該旅長當即聲稱：如尚有可疑待查之處，王經理能否到旅部詳談解答？余當答以：社會治安應由大家共同維持，所謂「跑了和尚跑不了廟」，這幾天決不外出，可隨時應詢。隨後外界風傳齊魯書社被查封，實因該旅長率衛兵多人來社，滿布門裏門外，引來許多市民圍觀，均不知發生何等重大案件。尤其對面之華同紙莊，以營業狀況遠不如本社，由於嫉妒心作祟，正在焚香燒紙，默禱立即查封本書社。經過此一事件，余對書社處境，更隨時提高警覺，以防共黨及軍閥之暗算。果於此時余亦赴粵開會，極可能誣以「畏罪潛逃」而將書社查封。

### 10. 諸域縣立中學：膠東黨務指導員

十三年冬，奉省黨部派赴膠東，任益都濰縣諸城等十三縣及青島市黨務指導員。適家伯母於是時逝世，余與樂平兄返里奔喪。殯後，族眾及親友均以余等常年在外，長輩乏人照顧，有失孝道，堅主留余在縣，勿再遠離。聆此告誡，內心著實不安。但參加革命，身不由己。既已蓄志報國，那有時間顧家。此一苦衷，外人豈能洞察。幸余之任務範圍，正包括諸城在內，為便於工作推行，亦需一活動據點，乃就任本縣縣立中學教員。並介紹同志鄭卓民、牛香坡、王希文等來校任教，協助工作。校長即余伯父紀龍公，時年事已高，早想卸此重擔。余授課之餘，每於夜晚或假日，與各地負責同志會聚；彼來我往，為革命任務貢獻一切。

十四年春，總理在北京病逝，全黨同志，無不悲痛。為表達對革命導師之懷思與哀傷，經與同志集議，不顧軍閥之威脅，地方士紳之勸阻，發動地方人士，籌開追悼大會，並作盛大遊行，以促使群眾之覺醒。

　　十五年秋，國民革命軍誓師北伐，為求進展順利，早日完成統一，接奉中央命令，積極展開敵後活動。或則秘密宣傳革命救國，南軍必勝；或則揭發軍閥罪行，北軍必敗。一時資料倍增，函電亦多。時張宗昌所屬軍長畢庶澄部營長孫勇駐防諸城，經常檢查郵電，扣獲由粵滬寄來余之黨義書報、宣傳印品多件。幸余對外化名為楊興邦：楊為外祖姓氏，興邦影射革命，一時尚未查出與余有何直接關係。但經奸細密告，謂縣立中學校長王煒辰字紀龍有亂黨嫌疑，首先被捕並追緝公犯。後經地方士紳力保，陳述王校長從事教育工作多年，對地方公益尤其熱忱；況年已高邁，早思退隱，絕無參加亂黨圖謀不軌之理。經孫勇核准，竟批示：「本營長有好生之德，准予保外候傳，如私自出城，即抓回槍斃。」旋再託請余孫勇熟識，在青島海軍服務（畢庶澄時兼任渤海艦隊司令）之同鄉許卓然先生，返鄉疏通，始準王校長辭職，釋返故里。自念尊親一生安分守己，全心服務教育，竟因余之參加革命工作，橫被牽累，險遭不測，內心至感愧疚。

　　王校長案雖告一段落，但軍閥之對革命黨人，有如眼中釘、肉中刺，不查個水落石出，決不罷休。余雖竭盡心智，保持冷靜，仍難瞞過此等爪牙之處心積慮，明查暗訪，調轉槍頭，對余瞄準。方將拘捕，幸賴縣長李鑒堂向教育局長王孝甫兄陰透聲息，並將由郵局查獲知黨義書刊及宣傳文件，當面焚毀，囑余盡速遠離。余始得脫離險境，潛赴上海，轉去武漢。李縣長係萊陽縣人，思想傾向革命，政聲亦復不惡。孝甫兄即民國元年介紹余加入國民黨之王樹城字軔三先生之哲嗣，從事本縣教育行政工作多年，造就不少人才。曾履與余商談加入本黨問題，余以為伊以非黨員身份掩護黨務工作，當更有利，故不必急亟入黨。事實證明，此種權變做法，實屬正確。蓋王先生密與黨工配合，使余策劃之許多重要任務，均得順利完成。

## 11. 第三軍黨工：南昌

　　當余由上海去武漢途中，北伐戰事方酣，兩軍於鄱陽湖濱展開激戰，江輪曾一度折返。不數日，我革命軍第三軍克復南昌，攻下九江，勢如破竹，銳不可當。孫傳芳部望風披靡，鬥士全失。於是第三軍收容孫部投誠官兵數萬人，急待整理訓練，予以思想之改造。軍長朱培德乃電請當時負責武漢黨（一九）務工作之王樂平先生，為其介紹北方籍通知前往協助宣傳教育工作。蓋孫部官兵多屬直魯子弟，語言與鄉情當為轉變彼等封建思想，接受革命理論之重要條件。此時余已抵達武漢，與樂平先生會晤。當即介紹余及陳名豫（雪

南）、於恩波（沐塵）、王承堡（少韓）、林笑佛、韓方正等六人前往南昌，分別擔任訓練工作。

北洋軍兵源，多係軍閥逼迫裹脅而來，不知為何而戰，故士氣低落；而其生活待遇，又極窮苦。故下級仇視上級，士兵怨恨官長。一旦參加革命軍行列，目睹軍容之精壯勇敢，為救國救民而奮戰，無不精神煥發，誠意歸順。故對所施之教育訓練，自能發揮事半功倍之效。

任務完成後，余即被委為團黨代表。彼時軍制規定，不論軍事團營以及連級單位均設有黨代表，由本黨遴派優秀幹部充任，負責官兵思想訓練，監督軍中生活行動，使成為有思想、有主義、國家化的精良部隊。時軍黨代表朱德，政治部主任朱克清，均係共產黨徒，有關人事升遷調補自會把握機會，儘量介紹共產黨員參加，或吸收軍中動搖分子為其利用。朱軍長係一忠厚長者，只見其笑臉逢迎，未察其心裏藏刀。於是黨軍大權，無形之中均落入共產黨之手。操縱矇騙，挑撥分化，無所不用其極。余曾婉轉向朱軍長進言，加以防範。只以職微位卑，未得朱之重視。余在憂憤之餘，遂請假至武漢，投考軍事政治學校武漢分校。經錄取後，即辭去第三軍之團黨代表。

## 12. 武漢軍分校

余入軍校後，被選充入伍生第二大隊第六中隊隊黨部執行委員。此係民國十六年元月之事。

武漢軍分校第六期學生編為兩個大隊，每大隊分四個中隊；另一女生大隊。第二大隊第七中隊隊長為黃埔第二期畢業之范煜瑛字士宣（范家軍村人），係余在枳溝小學任教時之受業學生。在入校編隊之前，在漢口於先樂平兄辦公處與士宣會晤。適第一期同學王仲廉兄亦到，聞余錄取，即向士宣笑謂：「聽說你曾被老師打過手板，如將你老師編入第七中隊，正可借機報復。我建議在出操時，找理由在太陽下罰他四小時的站，就夠他受的了。」乃事有湊巧，余果被編入第七中隊。士宣以對此「老師」學生，管帶不便，請求大隊長曾松卿將余改編於他隊。大隊長不便做主，乃轉呈總隊長楊樹松以至教育長張治中核示。張氏乃親召范君及余當面查詢。余當引韓愈師說中所謂：「生乎吾前，其問道也，固先於吾乎？」「弟子不必不如師，師不必賢於弟子，聞道有先後，術業有專攻。」作為證明。現在他做隊長，教的是軍事，而我未學過軍事，當然可以教我。認為范君應分明公私，破除情面，認真管教訓練，何必顧慮過去之師生關係。故余以為仍以維持原編隊為宜。而

范君終以不便，堅請改。張教育長乃准予改編於第六中隊，與另一同學調換。於是同學均知余為第七中隊長的老師，遇有向第七中隊接洽事項，多推余為代表。范君精明幹練，青年有為，不幸北伐任團長時，在山東長清戰役中為國犧牲。

在此回憶余從事教育工作時之受業學生，先後考入軍校者，除范煜瑛外，尚有三期之王樹東（名良棻，北伐任營長時陣亡）、王鏡塘。四期之王立亭（名培禮）、李毅岷（名慶林）、張邦采（字功亮）。五期之隋金（字貢三，現退役在臺）。六期之丘青萍（名建寅，來臺已故）。八期之王增廉（抗戰時任憲兵營長，作戰陣亡）、張汝淑。

復有高希琪君，友人高石秋之子，係航空學校畢業。二十六年在漢口時，由學生隋景林陪同到余住處之揚子江大飯店會晤。臨行時稱已購得話劇入場券，請余同去觀賞。余當答以：「離南京時曾發誓，不回南京決不進遊藝場所。」希琪當即含淚曰：「老師！我們幹這種轟炸工作，說不定明天就見不到了！師生分離若干年，見到景林兄才知老師的住處，請老師破一次例罷！」我就說：「不要這樣說法，我去！我去！」不意見面後第三個星期，他就因作戰而殉職。至今憶及，猶覺心寒。

當時共產黨已於北伐軍節節勝利中聲中，利用本黨容共政策作掩護，挑撥部分左傾中央委員，以武漢作為活動據點。並組成一個外貌為國民黨，實則為共產黨之中央政府，以與在南京由蔣總司令支持之真正國民黨相抗衡。此際校內共黨分子發展極為迅速，僅兩三個月，整個局面全為共黨勢力所控制。其活動之積極，氣焰之囂張，對本黨而言，稱其為喧賓奪主猶有過之。

時武漢各種黨部為商討武漢黨務推展問題，推派代表，於三月十日在漢口血花世界舉行會議，共商進行。而共產黨徒之之工人代表，公然張貼「打倒蔣介石」之標語，被余同隊同學蔡文政發覺，立即將標語撕毀，並毆打張貼標語之工人。許多同學在極端憤怒之下，自動聚集，將該工人捆綁，帶迴學校。共產黨徒即慫恿學校當局召開大會，由惲代英主持。會後，由全校同學冒雨將工人送至江邊。

接著第六隊黨部會議，鬥爭蔡文政。余即以隊黨委員身份解說時間發生經過，並聲言：「工人居然張貼標語打倒我們校長，蔡同學之行動，在維護正義，自屬正當。」會後不到三天，誣告檢舉余之文件，竟達三百餘份，自屬捏造與報復，欲加之罪而已。當由第二大隊隊黨部開會審訊，最後以極右派罪

名，逮捕入獄。余在獄中，堅強不屈，堅決擁護蔣總司令繼續領導北伐，俾早完成統一大業。

當時共黨已不顧本黨以三民主義為革命建國最高原則，遽行發動階級鬥爭，清算武漢政權所控制各地之資產階級。共黨所發動之遊行，亦強迫各商號各行業參加。罷工排外，反對南京國民政府之標語，遍布各處。接收工廠，沒收土地，經濟紊亂，至於極點。漢口長沙各地，每日殺人無算，民心惶惶，氣氛恐怖。幸本黨多數領導階層，不論中央執監委員，或各省負責同志，均已認清共黨猙獰面目，竊奪野心，一致要求南京中央政府迅將所有共黨分子，由本黨組織中全部清除。蔣總司令遂奉命於四月十二日，首先在上海舉發清黨運動，繼之南京廣州等地亦完全禁止共黨活動。

余在獄中聞已厲行清黨，衷心慶幸不已。而共黨之暴戾行動則更變本加厲。每逢槍斃人犯，即將余拉去陪決。曾三次同被解赴法場，軍威森嚴，生死俄頃，企圖迫余「覺悟」，勿再執迷反對共黨。余既獻身革命，早置生死於度外，當以正義嚴詞與共黨分子相抗辯，彼亦無可奈何。延至六月間，武漢政權始藉開出黨籍學籍之處分，迫余離校，並押解出境。而共黨爪牙田裕暘、臧克家、曹肖青、劉鳴鑒、安哲等猶到處搜索，必欲置余於死地而後快。幸經王樂平朱霄青兩先生，運用關係，密搭英輪，潛赴上海。在滬友好，方傳余已遇害，於沐塵、陳雪南、范錫三諸兄，正在先樂平兄家中集會籌商追悼，以餘生還而罷。

### 13. 山東省黨務改組委員會

由漢抵滬後數日，丁惟汾先生函召余去京，余以身心交瘁，擬稍事休息再行應命。又數日，復派張丕介兄來滬云：丁先生極思瞭解武漢近況，請即去京詳談。到京後，丁先生詳詢武漢情形後，曰：「余現任中央青年部長，尚有一幹事缺，月薪八十元，你明天即可去辦公。」余以心力疲困，待休息平復後再議。越月餘，覆電召去京。以中央正籌辦黨務學校，丁先生任訓導處長，谷正綱先生任副處長，設訓育幹事若干人，可即前往任教育幹事，月薪一百元。余當以曾在張丕介處見到報名冊，有留學生多人報名，故稱以余學識何能勝任！丁先生當謂：「我們是指導黨務，並非一般學識；如按一般學識，我也不能勝任。」余仍固辭。丁先生乃面帶怒容曰：「你這也不幹，那也不幹，到底想作什麼？」

時中央黨部已於十六年六月令委丁惟汾、王子壯、孟民言、於恩波、陳

名豫、王立哉、王仲裕、張丕介、梁竹航、殷君采、何思源、張洛書等十三人為山東省黨部改組委員。余當謂黨務工作，中央固然重要，地方亦何能疏忽。余曾聞先生云：中央對山東黨務，每月有兩千四百元之輔助費，均為先生具領。我們既已被委為山東省黨部改組委員，即應致力於地方黨務之改進發展。現在雖不能回省公開活動，亦應使用此中央輔助費在京覓一房屋，設以辦事處，秘與各縣市切取聯繫，溝通中央與地方之關係。余情願負此責任。

丁先生鑒余之不就青年部兼黨務學校幹事（月薪 180 元），並非嫌待遇低，乃同意余之建議：租得大紗帽巷房，成立駐京辦事處，由余負責，月給剪貼一十五元；設工友一人，月支八元。並依中央頒布之組織大綱，成立改組委員會，暫設秘書處、組織部、宣傳部。秘書處由委員會三人組成為秘書；王仲裕為組織部長，張洛書副之；何思源為宣傳部長，張丕介副之。辦事處秘與各縣市切取聯繫。多數縣市均推黨代表，如魯西南之負責同志滕蓋蒙園劉文彥等，均繞道到京報告當地工作現況，並研討新任務之推展方針。工作重點在積極展開敵後之一切活動，包括口頭的、文字的、軍事的、政治的，以加強北伐軍事額聲勢，並造成民眾對革命之嚮往。當時考入黨務學校之尹樹生、逢化文、宋志先、吳壙祥、王培祜、尹作升、劉玉德等，均係由辦事處聯絡，始能到京投考者。

在此寫一小插曲：某日晨間余正盥洗，張葦村兄前來借錢。適正領到當月津貼十五元，置於桌上，當請其自行斟酌取用。他一看為十元及五元鈔票各一張，即謂「你給那一張？」余謂「由你自擇一張好了！」旋詢所用公郵姓名為蔣玉祥，乃戲謂「你與蔣總司令同姓，前途必甚遠大！」

當改組委員會成立之日，正共黨氣焰高漲之時。中央既屬行清黨，乃委丁惟汾、於恩波、王子壯、張丕介、王仲裕、崔唯吾、王立哉、葛覃、朱握丹、徐伯璞、張洛書等十一人為山東清黨委員。清黨委員會即派余赴滬，與滬市黨部及清黨委員會接洽，嚴格審查由武漢來滬寧之分子，須覓保方得登岸；尤應注意由武漢經滬返魯之共黨分子。

### 14. 山東省黨務特派員

十六年冬，余復奉命以山東黨務特派員名義，秘密返魯，仍負膠東十三縣及青島市黨務督導之責。其他尚有閻寶甫、殷君采、葛覃、劉金鈺、張維中、夏雲沛、張丕介、王旭等八位特派員，分區負責全省工作之推行；並互相聯絡，研議各項對策。

　　民國十七年春，北伐軍曹萬順部克復徐州，人心振奮。山東各黨務特派員為加速軍事進展，造成軍閥內部恐慌，緊急召開會議。決議設暴動委員會，指定暴動工作大綱，據以實施。使成為一有計劃有步驟之革命行動，藉以壯大北伐聲勢，促使軍閥早日崩潰。

　　會後，余即懷帶工作大綱多份，以及其他宣傳材料，擬赴益都、臨淄、昌邑等縣，與當地幹部同志，作各種行動上的策畫。一日，經過益都車站時，遇益都冀龍臣；其人當時任周村落地稅局長，實為一軍閥之走狗。余在益都時，曾在族兄子容處，與之相遇而相識，知余為革命黨員。竟將余之行蹤，電告沿鐵路線駐軍，擬於中途拘捕。余由辛店下車，距目的地尚有一段里程，當再搭汽車前去。上車不久，尚未開動，果有檢查人員前來，追問車上有無王姓乘客。余則裝聾作啞，不予置理。彼等更進一步言：有無諸城王姓客人在車上？那時旅行，既無證明，也少照片，只要當面不識，自然很難查清。復以天色不早，眾皆催司機速開車，總算有驚無險。詎料車至中途，忽有人問曰：「你不是王經理麼？你要到那裡去？」抬頭一看，原來是齊魯書社對面華同紙莊的一名店夥。同行是冤家，狹路相逢，恐無善意，遂以牙痛劇烈為由，一手托住下顎，一手搖動幾下，表示不能說話。

　　暗忖此一行程，一再出現惡兆，不得不防。遂提高警覺，於中途下車，步行到一聯絡地點。由董子陵、李興復諸同志協助，先將帶來資料嚴藏，以防有人追蹤。連日召集有關同志，研商如何響應革命軍北伐。並大量印發宣傳資料，以激發農民暴動，打擊北軍士氣。益臨廣三縣邊去，紅槍會組織龐大，此間同志已開始策動，加強聯絡。如果運用得當，將是北軍過境時的一把暗刀。

　　布置既畢，再輾轉搭火車去淮縣。車上有一位警察，那時成為護路隊，猛的挨余而坐，意在稍事休息。但來勢突然，正巧觸及余捆綁文件之腿部，致使纏繞腿上紙張，噗噗作聲。一時緊張，心跳不已。即故意忍痛作態，急呼曰：「哎呀！腿痛得緊，剛貼上膏藥。」那位護路警立刻起身，連聲道歉說：「對不起，對不起！」頷首而去，余心始安。

　　由淮縣去昌邑，正要到汽車站打車，行經人群中，突然有人在我肩頭猛拍一把，同時大喊：「果然是你！」余以為必是被奸細識破，今日當不能免矣。回頭一看，原來是一熟人王會初。真是風聲鶴唳，草木皆兵。在昌邑城東北於家郜停留數日。該地區為於沐塵於觀城等革命同志家鄉，思想文化都開風

氣之先。對余所負任務，協助甚力。

然後再赴諸城、安邱、高密、布置後，經返青島。即分遣同志梁超、孫鳴階等多人，與各縣大刀會聯絡，無不躍躍欲試。對軍閥內部隊之仇視，苛捐雜稅之抗繳，直接間接削弱北方軍隊之士氣與實力，當不在少。

四月間，復以梁超孫鳴階同志之介紹，再去高密，與警察大隊長李勳臣接洽，勸導起把握機會，棄暗投明。遂於十六日宣布獨立，縣黨部亦公開活動，革命旗幟乃飄揚於此一魯東重鎮。

軍閥部隊在前線上雖然節節敗退，朝夕不保，但在崩潰前夕，仍作困獸之鬥。二十三日，張宗昌所屬膠東防禦司令顧震，率其殘眾，會同各縣警察大隊，合計數千人，向我進攻，包圍數重，我守城部隊只三百餘人而已。余乃指派高密縣黨部委員傅子政、單鳴皋、蔡超塵、牛凌漢（字扶霄）、梁超、傅小孟諸同志，協助李勳臣，嬰城堅守。直至五月十日，縣城屹立如初，士氣亦未消減。

當時余在高密城裏，忙於策畫城防，團結軍民，外間消息全被隔絕，大局變化，一無所知。事實上革命軍已於五月一日克復省城濟南。由於日本出兵強佔我濟南及膠濟鐵路，阻撓我北伐軍前進，而造成五三慘案，張宗昌所部殘眾，全部東撤。並勾結日軍，作為援應，以圖死灰復燃，遂傾盡全力進攻高密，以謀打通其退路。除以熾烈炮火輪番攻擊外，尚有飛機低空掃射。城中士紳以居民生命危殆，死守無益，乃跪請李勳臣開門迎降。

余發現敵人對高密戰役之成敗，影響其垂死之命運甚巨，勢必不顧一切奪回此城。我方則兵力單薄，後援無繼，經過近月堅守，食糧亦成問題。衡情度力，勢已不可猶豫。想乘夜遁城牆逃出。時東門附近大火，明亮如畫，圍城敵軍，齊向城頭發射，彈落如雨，無法逃脫。乃折返同志傅小孟家潛伏。傅家全力掩護，照顧備至，並常託人探視風頭，觀察敵人動態，以謀應付對策。

時軍閥爪牙顧震已率兵進城，下令清查戶口，拘捕異己，李勳臣及縣立中學校長鍾國珍字聘三，均已被捕槍殺，以清除革命分子。各城門均派士兵把守，嚴禁出入。正感束手無策之際，忽得悉城內缺水，駐軍將於十五日晨開門，暫准居民赴南河取水。余乃化裝挑水夫，得以混出城外，安然脫險。

此次高密之得而復失，實由於日軍之入侵。若非日本出兵阻撓，我北伐軍於五月一日順利克復濟南後，自必分兵東下，不十日間定可控制膠濟鐵路，而達青島。高密之成為我軍接應站，自在預計中。人算不如天算，可恨者日寇也。

由高密抵青島，宗潤霈、王甡林、丁振黃、鞠子明等同志多人，均以余能死裏逃生，稱慶不已。惟因余在高密策畫獨立，又堅守近月，早已名傳青島，駐軍正在伺機逮捕。眾皆促余速離，免遭毒手。既然如此，不便久停，即急赴大港碼頭，擬搭輪赴滬。經探尋之後，近日內竟無赴滬船隻。於是想改道大連，再轉上海。及向售票員指明航線時，竟被其冷落而嘲笑曰：「你要去大連嗎？那很好，坐這班日本船確有好處！」我問：「有何好處？」彼答曰：「空快！絕對不會擁擠！」我再問：「何故？」彼又解釋：「現在大家抵制日貨免票都不坐日本船，你卻買票去大連；船上空間位子一定很多，不空快怎麼！」余聞聽之後，內心非常慚愧，幾無地自容。一位在日本輪船公司服務的中國人，尚有如此愛國精神，余將以何顏相對！因在高密被圍困近月，與外界消息隔絕，一心只顧速離青島，竟在大港碼頭出醜，心緒久久不安。遂扭頭而去，即使當日有開上海之日輪亦絕不搭乘。眾皆為余著急，便集資雇一帆船，漂泊大洋，忍受飢餓，數日始抵上海。

## 15. 山東省常務指導委員

當余在魯東領導黨務工作期間，中央執行委員第四次會議有整理黨務之決議案。由中央分別委派各省黨務指導委員，辦理黨員總登記、總考查、訓練黨員，健全下級黨部，整理各級民眾團體。十七年四月派於恩波、蔡自聲、李澄之、葛覃、張維中、劉子班、張丕介、王立哉、劉金鈺九人為山東省黨務指導委員。指導委員會並已接受改組委員會，在泰安成立。蓋省會濟南，時為日軍侵佔，泰安已成為臨時省會，省政府主席孫良誠亦將省政府設於此地。

余接電後，即繞道趕往泰安就職。余與蔡自聲李澄之三人被推選為常務委員：決策性之問題，由常務委員會議決定；日常工作之推行，則由余負責督導處理。常務委員室秘書為孟良言。其他職務分配為：葛覃人組織部長，秘書為張少峯；劉子班任訓練部長，秘書為吳若愚；張丕介任宣傳部長，秘書為宋梅村；劉金鈺張維中負責民眾運動委員會，秘書為殷君采。於恩波則以兼任省政府農礦廳長，未負責黨務實際工作。

嗣李澄之、張丕介、葛覃三人調回中央，另派趙太侔、冷剛峯、駱美央三人遞補。緣秘書室幹事朱溢中發現宣傳部幹事張大化，行動詭秘可疑，加以注意，由其寢室之床鋪下發現油印名為 T. K 之小組織的組織規章，即呈報中央組織部。該 T. K 之小組織之負責人發現該小組織已被發覺，復改名為 N. M，繼續活動。中央即將李張葛三人調回，另派趙冷駱三人遞補。經

指導委員會決議：趙太侔任常務委員，冷剛峯任組織部長，駱美央任宣傳部長。駱並提張金鑒任秘書。

當時常務甫行公開，工作人員不敷分配，尤以基層幹部最感缺乏。縣級組織之建立，民運工作之推展，以及三民主義之宣傳與發揚，在在需要大量優秀幹部，負責領導，展開活動，迅將本黨政策，革命思想，灌輸民眾，深入基層。故當前要務，莫重於訓練幹部，培育人才。

魯東各縣，環境特殊，有與省級脫節之虞。乃於五三慘案後之農曆六月，派逢華文、尹樹聲、郭治濱三人，潛赴益都，利用第四師範南院，舉辦一次為期一個月的短期訓練班。參加受訓者為附近二十餘縣之黨工負責同志。雖在日軍不時騷擾之下，仍能針對局勢，把握方向，不論對革命理論的發揮，工作技術之增進，均獲致卓越成效。抗戰期間，臨淄縣長與治堂，益都縣長吳芳亭字笑軒，益都暨臨朐縣長趙國祥字子貞，均係該班畢業學員。

同年農曆八月，復按照中央計劃，在泰安開辦黨務訓練所，招收學員一百六十人，為期六個月畢業。所長由訓練部長劉子班兼任。然六個月的訓練仍感緩不濟急，又於農曆九月，於黨訓所附設黨務補習班一所，為期三個月。那時物質生活雖極艱苦，但革命精神卻到處揚溢。學員們在凜冽的風雪之下，受著嚴格的軍事管理。教師熱誠，學員認真，吃住條件的短缺，都用精神毅力來補足。使余最感神傷的，是補習班開課一個月後，有兩位學員患病去世：一為棲霞的牟恕，一為諸城的劉玉書，兩同志才二十歲左右，青年有為，品學兼優，不幸壯志未酬，竟與世長辭，實革命陣容之一大損失。

兩處訓練，均在省黨部附近。名義上雖由訓練部長劉子班兼任所長，但實際上劉氏以染患傷寒病，勢不能主持。乃在指導委員會議題請由余代理。余即於公忙之餘，隨時前往察看兼顧，並分別對各班學員講話。畢業後，均分發各縣黨部及農工礦等工會，指導黨務工作。黨務訓練所畢業學員之在臺者，有尚性初（國大代表）、王俊傑（國大代表）、孫平野（官瑞，二女中教員，已退休）、劉少木（光元、黨工）、褚漢峰（教員）、鍾平山（吉生，教會工作）、孫東屏（衍才，教會工作）等。補習班畢業學員之在臺者，有畢圖仙（立法委員）、趙國祥（子貞，教員，已退休）、王泰岫（已故）等。

十八年春，召開全省代表大會選舉省黨部委員，組織正式黨部，余以最高票當選。依中央規定，需呈報當選之加倍人數，由中央圈定。而在大會將結束時，忽有代表提出臨時動議：（反對中央規定第三次全國代表大會之代表

由中央指定之辦法。（二）建議中央收回省黨部委員加倍圈選辦法，以符民主精神。經大會一致通過。迨呈報中央黨部，以所提動議案不符當前政策，未予採納。並將指導委員會改組為整理委員會，改派陳調元（當時省政府主席）、劉漣漪、閻賓甫、李文齊等為整理委員。指導委員會奉令後，當決議由余負責代表辦理移交。

會日軍撤出濟南及膠濟鐵路，省局恢復。北伐完成，全國統一。六月六日總理奉安大典，由北平移靈南京。靈車由津浦鐵路南行，經過泰安，余仍率省黨部全體同志恭設路祭，向靈車禮拜，默禱此一偉大革命導師，英靈永在。是年秋，將省黨部移至濟南，交代後離職。

### 16. 反共鬥爭鱗爪

民國十八年夏予在泰安時，辦公時間，傳達送來名片，係王天生（用章）來訪。當時常務委員室秘書孟民言、幹事朱溢中及明少華等均以王天生乃共產黨省黨部委員，今忽來訪，是否別有用心頗應注意，均主張不予接見。我當時並未接納諸人意見，即親自接見。見面後王天生要求到一靜室秘密相談，余即約其到常務委員室隔壁之會客室，請其說明來意。他就開門見山的說：「我今天來找你，是有求於你，也就是希望省黨部能允許我自首。」余即云：「你是共產黨省黨部委員，不要來開玩笑。」他很激動地說：「我是誠意相求。因為在秘密時期，你對我之認識一定很清楚，所以指導委員會有委員九人，我單獨來找你，足見我是誠意的。我自首之原因，係因婚後不到三個月即被逮捕收押，現在放出，回家後，方知我被捕之後家中成為共黨各省黨部委員輪流住宿之處，把我妻子視成娼妓。此種行為，令人難以忍受，所以今天來求你准我自首，以便回國民黨為黨奮鬥。」余即回答：「我可以接受你自首，但有條件：你必須逮捕共黨委員數人，方能表明心跡，到那時我可提黨務委員會商酌此一問題。」他毅然答曰：「我可照辦，但你必須令省會警察廳隋德功廳長撥便衣警察二十名，聽我指揮。」余當即允許，立刻函濟南市黨部常務委員殷君采，著其照辦。殷君采來信云：「王天生係共黨省黨部委員，我們撥二十名便衣聽其指揮，如在濟南胡作非為，誰能約束！」余當即覆信，「此是省指導委員會之命令，你只有照辦，沒有陳述理由意見之資格。」

事隔月餘，王天生由濟南來信云，已逮捕共黨省部委員殷寬、王孟生、宋悲行、王ＸＸ四人，是否解送泰安？請示知。余覆曰：「你同殷常務委員商酌，就近收押處理，以免長途解送發生意外。此時忽接中央委員丁淮汾先生來電，

說明王XX願自首，請我辦理。余即覆電：王XX為何不自首於被捕之前，而自首於被捕之後，需申明理由。丁淮汾先生即派王仲裕親來泰安，要我從寬處理。余即回答他，請你向指導委員會陳述，此非我個人之事。後經王仲裕各方奔走，最後准王XX自首，其他三人均在濟南處決。王XX自首後，投身情治工作，抗戰時頗著勞績。勝利後轉任政治工作，數年前在臺病逝。

　　另有共產黨特派員田裕暘，於清黨後，由武漢回諸城結婚，為縣黨部逮捕。常務委員趙季勳來電請示是否解送泰安？余即覆電長途解送，恐生意外，希就地收押處理。在清黨時我被推為清黨會常務委員。當時武漢軍校大批學生流浪到南京上海，其中共黨分子甚多。中共清黨委員會段錫朋（書詒）電派余即去上海攔截逮捕共黨分子。余至上海，同警備司令楊虎接洽，方知軍校這些共黨分子事前得到密報，故未到上海，多半由南京附近小站下船，因此未能逮到。凡此種種往事，均余在黨工期間反共事實較顯著者。蓋余洞悉共黨不除，必將為黨國之大患。

### 17. 王樂平先生遇難

　　十九年二月十八日，先堂兄者塾字樂平，後以字行，在上海法租界環龍路邁爾西愛路三一四號公寓所遇刺謝世。旋移靈南市謹記路齊魯別墅暫厝。余愕然神傷，不知所措，一則為親情悲悼，一則為國家哀傷。是余自參加革命以來，所受刺激最深之一次。樂平兄係余伯父紀龍公之子，有手足之情：又同為革命奔走，有同志之愛。余於黨的一切活動中，多獲其照顧指導，受益良多。

　　迨二十二年春，本黨中央委員暨山東代表一百三十人，為先兄樂平之喪，組織公葬委員會，籌備治喪事宜，並商定十月間安葬於濟南千佛山下。當推余嵩赴濟南，成立公葬籌備處，勘察墓地。對墓園之整建，環境之綠化，均能依期完成。使公葬事宜，能按預定時間，於十月十五日由上海齊魯別啟靈，經南京下關，於十八日到濟南車站，靈櫬轉中央公園停放。二十一日至二十二日上午公祭，下午一時啟靈，由丁惟汾代表中央主祭。在赴千佛山墓地途中，執佛送殯者數千人。從此襟懷宏闊，剛毅奮發之革命鬥士，長眠地下矣。（山東文獻七十一年九月出版之第八卷第二期有專文《王樂平先生公葬記》，對王先生生平及公葬經過記述較詳，可參閱。）

### 18. 青島商品檢驗局長

　　二十年，余在天津被選為第四次全國代表大會代表，二十一年，任實業

部青島商品檢驗局長。當時青島有兩家酒精廠，依青島市財政局規定，酒精出售時每箱應先繳付稅兩元，實已超過成本。故積貨兩年，未能售出。茲中央規定：酒精由商品檢驗局檢驗後，即可逕行出售，不再歸市財政局管理。於是兩廠商即託商會主席宋雨亭來洽。伊等以余從事常務工作多年，經濟情況必極窘迫。希望報請實業部時，只要每箱檢驗費不超過一元，擬各以十萬元為酬。余當告以按檢驗費不超過千分之三之規定，每箱最多只一角而已，不必再法外多有顧慮。並請宋主席轉知廠商，對工業用品之酒精，要切實供應，不可投機取巧，以劣貨抵充蒙混，至於個人生活之得失，廠商不必考慮。蓋盡忠職守，是國家對公務人員最基本之要求；余從不以一己之私，妨害公務。對黨如此，對政亦復如此。

### 19. 子女流亡

三年以來公司交迫，心緒悽愴，是在革命旅途中，精神最坎坷的一段。二十三年七月，幼女缽生於濟南。二十四年調任行政院參議。二十五年復轉中央黨部任民訓部總務處長。

二十六年七月七日，抗戰軍興。當京滬局勢危急時，隨中央撤至武漢。政府已決定長期抗戰，不論敵前敵後，必與日寇奮戰到底。人民流離，生命損失，自屬難免。二十七年民訓部改組為社會部，調充專門委員。

時山東流亡學生，在河南許昌集合，由教育部設國立湖北中學收容安置，由楊展雲先生任校長，遷湖北鄖陽均縣設校。二十七年三月間，由老河口以民船載運女學生及教職員眷屬，渡漢水，抵均縣，再開鄖陽。長女鈞就讀該校高中部，亦在船中。百餘人同乘一船，人數已超載，上游又有大雨，江水高漲，水流湍急。船夫警告不宜上行，而學校當局未加注意，堅主開船。不幸中流觸礁翻覆，全部罹難。家人聞此噩耗，悲痛至極。鈞女自幼聰慧，生性乖巧，在校勤學苦讀，成績長列前茅。每念此不幸，深感悽楚。

男兒銘與其姊同讀該校，乘另一船渡江。及至余攜眷至重慶。銘兒未能同來，內人以為姐弟同船，必已同遭不測。日夜牽掛，不思飲食。知者為其澄釋，疑念仍難消除。迨二十八年，銘兒由鄂抵川，母子會面，心神始漸恢復。

此時社會部改隸行政院，奉調為中央黨部秘書處專門委員。初到後方，食住均成問題。後由市區遷至京津縣白沙鎮，始有一安定住所。

銘兒轉入重慶沙坪壩之南開中學。畢業後，原已考中西南聯合大學，其母以該校遠在昆明，路遙山險，放心不下；復以余已返魯，學費之籌措亦非

易事；堅不允其前往註冊。適中央大學單獨招生，再以王金名之名義考中該校歷史學系。在戰時首都，敵機不斷轟炸下，順利畢業，亦屬幸運。鍵女就讀白沙之國立女子師範學院，幸亦不負所學，為日後從事教育工作奠定基礎。幼女鉢，時年尚幼，讀小學。往返坡陵，砂石絆腳，恒手提斷帶之草履回家，嚷著母親為其挑出足掌之棘刺。孩童無知，但已深受戰亂之苦矣。

## 20. 山東省參議會秘書長

時至二十八年，抗戰方殷，國際有多姑息觀望，就整個戰局而言，已進入相當艱苦的階段，但敵後游擊力量崛起，深符全民抗戰的長期政策。敵人所謂佔領區，只是幾個城鎮據點，和幾條交通線而已。其所推行以華制華，以戰養戰的策略，幾已全部失敗。此時余所任之專門委員，並無積極性的任務，亟思乘機返魯，為桑梓效力，亦為中央分勞。於是青年團中央團部派充山東支團部幹事，戰地黨委員會派為魯蘇戰區分會委員，中央組織部亦委充山東省黨部委員，行政院更任命為山東省臨時參議會秘書長。適童年（二十八年）三月間，中央訓練團成立，奉調參加黨政班第一期受訓。結業後，蒙團長蔣公召見，詢以「山東黨政情形，你是否明瞭？」余答以「明瞭。」並即陳述此次奉命返魯，政治任務較為重要。為免事繁力分，顧此失彼，乃向蔣公辭黨團兼職，當蒙嘉許並諭允。

余之山東省臨時參議會秘書長之職務，係二十八年任命，直到三十年十一月始抵返魯南山東省政府所在地。費時兩年，其原因與經過，恐非局外人所能盡知。按參議會之組織及召集，依行政院之規定：先由行政院任命參議員若干人，再由參議員中任命議長副議長各一人，復由議長推薦秘書長一人，由行政院任命，由行政院頒給參議會印信一顆及官章三顆（議長、副議長、秘書長各一顆）由籌備到開會之期間，一切用人行政及經費開支等，由秘書長完全負責。

山東之情形則不然，毫未遵照行政院之規定辦理，完全由議長之孔繁霨字雲先生包辦。經費完全由其具領，交其自用之人員保管，我這秘書長無權過問。對於眷屬之安置，亦只顧其個人，至於秘書長及其他人員概不聞問。總之，孔議長所注意者，只是人事與經費。至於法令規章之搜羅，作業程序之瞭解，必須多方諮詢，由其在淪陷區內實施首創之民權，責任重大，不能稍有閃失。凡此均由余分向諸多有關主管機關及人員訪問請益。

由於議長之專擅，罔顧法令，致準備工作多不能配合，直拖到三十年五

月始得由渝啟程返魯。經成都、越秦嶺,而達寶雞,轉西安。在西安有許多同鄉及友好分別歡迎,並商酌赴豫皖之行程路線。直到中秋前後,方輾轉到達皖北之阜陽,我九十二軍李仙洲軍長之駐地。

安徽阜陽據敵人交通線較遠,地理形勢特殊,成為淪陷區與大後方的聯絡中心。但距此行目的,尚有隴海津浦兩鐵路間隔,敵偽密布,共匪鼠擾,仍需與當地游擊部隊及有關單位切取聯繫,繞道而行,免作無謂之犧牲。幾經研商,余以十七年省黨部在泰安時,一年多時間,市民大會多由余主持;而濟南又係余在黨務秘密活動時期作業數年之地,認識之人必多,勢不能經過諸地。故決定隨從五十一軍領取彈藥款項之部隊同行。孔議長則率同秘書王雲浦化裝乘火車經由徐州濟南轉魯南山區省政府所在地。

余抵阜陽時,適聞余侄金石及釗二人在魯南考入陸軍官校西安分校,隨軍赴報到,亦到達阜陽。余即匆忙趕到其駐地,彼等則已出發,未得相晤,悵然久之。後二人均為國捐軀,英年早逝,傷哉!

余隨軍行進,甫離阜陽,共黨匪徒竟沿途張貼「歡迎五十一軍領彈藥返魯抗戰」之標語。日軍及共產匪軍即按標語所示地點,沿途截擊。致行軍一月有餘,未能越過隴海鐵路,不得已折返阜陽。

時山東省政府主席沈鴻烈成章先生奉命赴渝述職,過隴海鐵路時,遭日軍追擊,下落不明。李軍長仙洲奉命搜尋,而所派之鄭仲平楊沛如二兄均與沈氏不相識。於是同人等公推余前往渦陽蒙城一帶尋找。經多處搜尋,幸在渦河灘找到,沈先生躺臥河灘沙中,已昏迷不醒。經喚醒後,即與奮抱余而泣曰:「真想不到你老兄會來找到我!」情緒激動,久始釋手。遂即乘馬送到阜陽李軍長處。來臺後,沈先生寓居臺中。當其八十壽辰時,余前往祝賀。在照相時,伊首先邀余共照,曰:「倘非王先生在渦河將我找到喚醒,那能有在此與大家歡聚之機會,極應共照以為紀念。」

時適山東省政府秘書長兼民政廳長(代理主席)雷法章兄派秘書祝廷林兄來阜陽迎接。祝秘書對沿途情況頗為熟悉,乃脫離五十一軍部長,化裝隨祝秘書單獨行動,徒步經皖北、豫東、魯西,而魯南。沿途數經敵偽軍扣押,並會分別刑訊。至十一月到達魯南新編第四師吳化文部於團長懷安之團部所在地,始到安全地帶。吳師長亦派員來接,內有余姊丈王孝甫及徐孟儒二兄。沿途之艱險及苦痛,決非言詞筆墨所能形容,尤非身受者所能體認。

到達魯南沂蒙山區之省政府所在地後,迭經與黨政軍各方面多次研商。

對於參議員之產生標準，區域割分，人口比率，職務範圍等，均應全盤顧到。但因地理環境特殊，人事意見各異，調和說服，煞費周折。其中山河交錯，畫夜兼行，遇有敵人出動，更要東藏西躲，意外延誤，自屬常事。經此更番努力，各方大力協助下，省參議會終於三十一年春集會成立。

開會二十天，討論決議案多起，對於加強黨軍政聯繫問題，以及省政興革事項，建議頗多。並選舉傅斯年、范予遂、劉次蕭、王仲裕、孔令燦為第三屆參政員，代表山東參加中央之國民參政會。並選舉閻實甫、劉幼亭、尹漁村、趙季勳、劉民生、翟臨莊、郭金南等十一人為駐會委員。只以各委員多散居各地，且均另有工作，相聚機會仍少，無論縱的溝通，橫的聯繫，隨時需要遠道奔波，交換意見，以達成上級交付之各項任務。

此一民意機構之組成，限於環境與現實，雖不能謂為如何理想，但戰時各省，無論在淪陷區或是大後方，能成立參議會，並產生功能發揮作用的，山東當稱第一。無怪參議會成立開會之報告到達行政院後，陪都各報爭相刊載，大加稱讚。而當時任中央黨部秘書長吳鐵城先生，於余返抵重慶時，更面致嘉勉。身與其事，慰藉良多。

當時山東省政府及魯蘇戰區總司令部均僻處魯南沂蒙山區，而共產黨匪徒亦以此山區為屏蔽，混淆打擊我軍政機構。更橫生奸計，挑撥離間，致軍政要津，嫌隙叢生。又游擊部隊與正規軍亦多齟齬，而游擊部隊之間，更多甲乙不能相容。余為協和軍政意見，加強抗戰力量，秉承駐會委員決議案，常不顧山路崎嶇勞頓，環境艱困險惡，為之排解斡旋，頗耗心力，但所獲效果不彰。

三十二年春，奉命兼任山東省政府委員，方期以人地兩熟之便，協調各方，繼續為桑梓效勞；不意三十三年忽奉行政院電召，赴渝述職。抵渝後，除向當局報告魯省政府及魯蘇戰區撤出山東後，魯南山區我軍政活動情形外，即借便辭卸山東省參議會秘書長之職。復承吳鐵城先生關照，回任中央黨部秘書處專門委員。

### 21. 國民參政會參政員

三十四年，山東省參議會推選余為國民參政會第四屆參議員。該會係國民政府於訓政時期，鑒於七七事變，全國一直對日抗戰，制憲工作因而展期。乃於二十七年為徵採全國國民公意，設立國民參政會，為戰時之中央民意機關，協助政府促成憲政。參政員總額一百六十人，其中一百五十人由各省市

分別選出，其餘十人，由國民政府聘任之。每年開會兩次。今已為國民代表大會所取代。

是年秋，抗戰勝利，全國歡騰，眾皆準備復員，人事變動特多。三十五年，余亦隨參政會還京。

第四屆國民參政會，前後共開大會三次。會前自必妥為準備，慎加籌思，更須徵詢省內各界意見，廣集有關資料。對中央之政治軍事教育，許多興革事項，以及有關山東政治、教育、賑災、救濟等問題，均針對時弊，群述案由，必使大會樂於接受，付諸實施。尤其在第三次大會時，余提案組織接受清查團，分批清查接收人員辦理接收情形。在進行討論時，堅持甚久，終由大會一致通過。在清查團著手組織時，秘書長邵力子當面徵余同意擔任豫魯青島團團長。余以提案原意，在清查接收人員之良窳，以澄清社會之輿論。個人不但不接受團長任務，且不參加任一清查團；並提請郭仲隗先生任豫魯青島團團長。

在本次參議會開會期間，忽承蔣委員長召見。說明據吳秘書長鐵城先生報告，以余此次回魯工作，幾經艱苦奮鬥，不辭勞怨，在淪陷區內，終將山東省臨時參議會成立開會，實為不可多得之事功。除面予嘉獎外，並頒賜勝利獎章一座。

第四屆參政會在渝開會時，有一插曲可以一記。某日有廣東參政員提案，請參謀部將廣東省北江一帶之武裝共匪三千餘人，遷往山東煙臺一帶。余當即起立大聲疾呼，誓死反對。而廣東參政員劉蘅靜竟起立說明：「據他瞭解，共產黨對民眾非常友善，如借用器具，必先洗刷乾淨，再行送還，並千謝萬謝。」接著劉次蕭先生起立發言：「劉參政員根本不認識共產黨為何物，實為口蜜腹劍之毒瘤。果如劉參政員所說之友善，為何不留他們在廣東，而要求遷往煙臺？」對方語塞，遂將該案擱置。山東同鄉，尤其是魯東人士聞之，均謂「打了一個小勝仗」！

在此期間，次女鍵經舍弟景羊之介紹，與其受業學生張連均結婚。張君國立政治大學畢業，任職農民銀行。幼女鉢在中華女中就讀，余以公務繁忙，經常由其姊照顧。

三十七年五月，行憲政府成立，國民參政會結束，余復應聘為行政院參議。

## 22. 保鄉請願

抗戰八年，吾魯同胞所受敵偽蹂躪之慘禍，甲於全國；而我同胞，不屈

不撓，不怨不尤，全力支持抗戰者，亦無與倫比。何期勝利來臨，不但倒懸未解，反而苦難愈甚。天災既未獲救，人禍復被漠視。是以我旅渝同鄉，莫不憂急悲憤。遂以極端之關切，立謀緊急之拯救，乃有集會陪都，請願國府之壯舉。由此一愛鄉保土行動，始引起當局之重視。日後省政易長，援軍入魯，救濟分署之設立，殆皆與此一運動有關。

當時余雖身與此役，只以年遠體衰，已記憶模糊。山東文獻第七卷三期有魏懋杰先生《旅渝同鄉請願事紀略》一文，對此役記述甚詳，茲照錄原文，以光篇幅。惜未克先行徵求同意，至以為歉，敬請原諒，並誌謝忱。魏先生原文如後；

（一）戰後吾省之遭遇與保響運動之緣起——吾魯勝利後之塗炭，以人為因素居多。民國三十二年，戰區及省府撤離之失策，已導致匪勢囂張之惡果。我地方部隊，幾無日不受匪軍之襲擊，蓋必欲澈底滅我而後已也。然我在孤立無援之下，雖犧牲慘重，仍能周旋到底以迄勝利，使匪難以得逞者，並非神跡。實我齊魯健兒各具忠黨愛國之意志，保鄉衛土之決心有以致之也。此一優越條件，若獲中央重視，予以最新裝備，假以便宜行事，則廓清境內匪眾必如摧枯拉朽之易；即代替國軍殲敵靖亂，創造中興，亦能步湘軍之平洪、楊，淮軍之滅撚匪之後塵也。惜乎當局見未及此，無視於勝利後獨撐危局遏阻匪軍瘋狂攻掠之事實。不僅未作有效裝備與支持，以發揮其潛力，而滅此朝食；反派員至各地予以編遣，並輕蔑之為「游雜」，予以歧視與難堪！嗟夫！奮鬥八年，幸未捐軀，不獲褒獎，反遭黜辱。且虎狼正盛，竟以齎盜資賊，自毀長城，誠不知主其事用心何在也！更未思及我游擊健兒皆與匪結下血海深仇，率皆家破人亡，逐黜之後，則將安歸？此親痛仇快之舉，直使英雄氣沮，志士心寒！於是人心攜貳，間接助匪發展，使其迅速燎原之勢，而成不可收拾之局面！是以勝利來臨，反使省民陷水益深，蹈火益熱著，皆人謀不臧所致也！

而是年也，又值旱魃肆虐，全省歉收。兵連禍結，已使民不聊生；而飢饉踵至，更是哀鴻遍野！天災人禍，煎迫至此，中央竟未能顧及，不予聞問。旅渝同鄉，得悉災情，無不憂形於色，咸寄望省府能迅向國府告急，請軍靖亂，請糧賑災，蘇民困而解倒懸。詎省府竟向中央謊報：「山東豐收，雖有小丑跳樑，但不足為患」云。中央對善後救濟，本未及山東；今據此報，更不復聞問矣旅渝同鄉對省府之匿報災情，粉飾太平，莫不震驚悲憤！失望之餘，

遂奔走相告，咸以省府已不足恃，桑梓父老又忍死待援，拯饑拯溺之重任，則非我輩承擔莫屬矣！於是乃有緊急集會，共商對策之義舉發起焉。

（二）旅渝同鄉謀救桑梓之集會──同鄉集會之日期，以因年深日久無法記憶，地點似在重慶兩路口，時間為週末下午二時餘，集會場所為二樓。筆者得訊，與過士選、王錫岳二兄代表警校同鄉過江參加。出席鄉長，濟濟一堂；知名之士，有秦德純、王立哉、劉次蕭、龐鏡塘、范予遂、──似尚有于學忠…等鄉長，由秦德純鄉長任主席。報告開會宗旨及報導桑梓近況後，出席同鄉莫不憤慨，對改編「遊難」促成全省糜爛事，深不諒解，對省府之匿報災荒不顧省民之死活，尤深惡痛絕；一時氣氛極為凝重。主席為穩定群眾情緒，告以編遣地方團隊事，已請李延年同鄉來會報告，且聽其陳述經過，瞭解真相後，再謀善後。於是待李進場。李著戎裝，戴金邊眼鏡，闊步高視，傲然而入，頗有睥睨一切之概。惟所報告者，僅謂：「奉命行事，……將遊雜部隊精簡，某部編余……現均以編遣完竣」云云。語辭簡短，意甚自得；語畢即退席。對編遣之善後，及省內之匪情，並無一語道及。同鄉等所欲瞭解者，依然一無所得而所見者，則挾長挾貴傲人之神態而已！至此，王立哉鄉長乃怒不可遏，憤然曰：「自總理領導革命，山東志士即未敢後人；討袁之役，率先發難，」洪憲以屋。尤以北伐時，山東人貢獻最多，犧牲最大，山東何負於國家？然而中央對我山東者又何如？同意之後，所委派之主席，非軍閥，即政客，人民受盡塗炭，建設則未顧及，韓復榘即其中之最著者也。抗戰期間，我父老之犧牲奉獻，迥非他省所能及，而勝利後所換取者，竟為『遊難』之醜名，作驅遣之報償！他省無災荒而賑濟，山東大飢饉而不問；不知中央尚要我山東否？何厚他薄我如斯之甚也！……」劉次蕭繼續發言，痛切淋漓，亦深入肯綮。乃使群情憤激，達於高潮。而斯時也，范予遂與一、二同鄉未作說明即悄然退席。為王立哉鄉長瞥見，不禁痛心入骨，因更以憤慨之語曰：「今日之會，非比尋常，乃為桑梓父老兄弟請命之集會，如想見父老親故掙扎於死亡邊緣，伸手待援之慘象，能不拋卻一切俗務而共謀對策否？然竟有人不告而去，鐵石心腸，誠令人心寒股慄！願思離尚未離席者，務請忍耐！忍耐！」聽者動容，會場一片肅穆，而表情則各異。於是主席控制會場，抑制衝動，請出席鄉長速抒卓見，共謀桑梓善後之良策。於是會眾爭相發言，極為踴躍；幾經熱烈討論，始決議集體向政府請願，請中央立即採取措施，火速靖亂、賑災，以拯饑溺，而登衽席。並決定即於翌日上午，採取行動。於是會議於嚴

蕭凝重之氣氛下結束。筆者亦懷沉重心情返校，並與同學研議次日請願之參加問題。

　　（三）國府請願志聞——警校校規，向禁學生參加校外活動；涉及政治者，尤懸為禁例。筆者之參加同鄉集會也，校方竟有所聞，乃遭禁足之處分，迫使次日請願之行動，不得參加。因商請牛葆嶺、高玉璞等同學秘往響應。

　　是日也，值淫雨霏霏，竟日不開，而我同鄉並未因雨卻步。山東同鄉服務於軍政部第二紡織廠者不下千餘人，因當日為星期假日，故幾全部參加。由秦德純、王立哉、劉次蕭等同鄉領導，浩浩蕩蕩冒雨行抵國府，懇見國府主席。因係假日，蔣主席未在府內，乃由秘書長吳鼎昌代表接見。於是以昨日會議席上所討論者，向秘書長陳述，並提質詢。吳答，主席並未忘記山東，亦不會有厚彼薄此之舉。請願者乃曰：「然則山東大饑，未列賑濟；匪勢方熾，而解除地方武裝，此非事實乎？我山東民命如絲，朝不保夕，敢問國府會作如何拯救之計劃？」一時群情憤激，紛提質詢，秩序頗為紊亂。秘書長窮於應付，惟以善言撫慰，勸請各回崗位，決轉達主席解決山東問題，必不使諸君失望。然群眾並不為一時口惠所動，堅請秘書長作具體之保證。……

　　時天已近午，雨勢轉大，群眾鵠立雨中，衣衫濕透，而無一退縮者。有頃，吳秘書長購來饅頭一車，運至現場，謂天已中午，且先療饑再議……語未畢，即有人高呼曰：「我輩非為吃饅頭而來者！」眾和之：「需要饅頭者是山東饑民，而非吾輩！」「吾輩一餐不食何妨？山東饑民數日不得一飽始最緊要！」眾雖饑腸轆轆，但無一取食者。秘書長急謂：「饅頭業經購來，不能退回，談問題與進食並不衝突，尚請先行取食再議！」群眾中復有高呼者：「感謝秘書長盛意！但我輩憶及山東父老嚼食草根樹皮猶不可得之慘象，面對此白麵饅頭，尚能下嚥否？」於是眾聲附和：「吾輩不忍食！」「吾輩不忍食！」「只求中央速救魯省災黎！」人群騷動，卒無一人取食者。吳秘書長無奈，只有提供保證，俟向主席報告後，定促請即謀解救之策。眾見初步目的已達，始行解散離去。而此時淒風苦雨仍未停止，一若為吾魯之遭遇而悲泣然。

　　請願後，聞旅渝鄉長續向政府陳情交涉，必使我桑梓得救而後已！惜筆者派付東北，詳情則不盡悉矣。

　　總之，旅渝鄉長為救桑梓，奔走呼籲，心力交瘁，愛鄉義舉，感人至深。故特筆之於書，傳諸後世，以為鄉人所取法焉。

## 23. 膠澳中學復校

先兄樂平先生為培育本黨青年幹部，於民國二十年，在軍閥環伺之下，聯合同志唐蜀眉、陳名豫（雪南）、於恩波（沐塵）、劉次蕭、孟民言，在青島創設膠澳中學。不幸於民國十五年暑假第一屆學生畢業之後，被張宗昌強迫接收，改組為青島市立中學。該校存在雖僅三年，招生不過兩屆四班，學生二百餘人，多有所成就，蔚為黨政軍各界中間幹部。近有人為其先人撰寫年譜，為膠澳中學為其先人所倡導創立，不知何所據而云然。徵之膠澳中學在臺師生，僉稱只知樂平先生為創辦人，從未聞某先生與其母校有何關係。樂平先生經常蒞校視察督導，要求嚴格，公私分明。如事務主任李少卿先生曾任省議員係先生在省議會共同奮鬥之同志，某次曾以廁所不潔當眾遭受責難。並密運三民主義等黨務書刊，分發學生閱讀，以啟迪青年之革命思想。以是極獲師生之崇敬。當時青島市黨部即設於該校，實亦青島黨務活動中心。

抗戰勝利後，余於渝徵得丁惟汾先生同意聯絡前膠澳中學師生劉次蕭、陳雪南、蔡自聲、於濟東、王成九、胡成儒、張洪瀛、張金廷、趙世偉、王志信等，多方奔走，並向教育部申請復校事宜。經半年之努力，頗具成效。乃集合會商，成立董事會，推舉丁惟汾、陳雪南、劉次蕭、蔡自聲、王立哉、王仲裕、欒先渠等為董事，並公推丁惟汾為董事長。由董事會聘原膠澳中學教師李樹峻字子剛先生為校長。復呈報教育部備案。

復員之後，丁董事長親赴青島，與財政當局洽商校址問題。以匯泉原校址已由市政府撥歸其他學校使用，乃另撥給武定路房舍，較原址為大。於三十五年暑期招生開學。先兄樂平先生當年為培育革命青年，奔走呼號創校之初衷與苦心，得以復現，於心滋慰。惜三十八年再度遭受摧殘。該校可謂多災多難，惟冀能早日再次復興。

## 24. 制憲國民代表大會

我政府依照國父建國程序，為實施憲政，還政於民，在訓政時期由立法院研擬憲法草案，於廿五年五月五日公布，徵詢全國各界意見，即號稱「五五憲章」。並規定各省分別選舉國民大會代表，於二十六年十一月舉行國民代表大會，研究制定憲法，實施憲政。

當時山東遵照規定劃分為若干選舉區（數目已不復記憶），諸城與臨沂、莒縣、沂水、日照等縣為一選舉區，由第三行政區督察專員張里元任選舉監督。當時集中諸城縣城之競選者，有趙季勳、路孟凡、徐階平及余四人。為展

開公共關係，由余等四人聯合公宴地方駐軍之羅姓營長，及奉省府主席韓復榘之命，以副官名義駐縣任剿匪工作之張步雲，與地方紳董多人。由余約請當時地方名廚王福廷主理宴席。宴罷，張步雲堅留余稍坐，謂到諸城以來，此為第一次品嘗到諸城真正名菜，乃先生之賜。復向羅營長介紹說：「我留下來的這位王先生才是真正的革命先進。我曾在枳溝駐防多時，從地方人士口中得知：王先生曾在地方上刻苦耐勞的辦學校，簞食瓢飲，不捨晝夜，一切為學校，一些為學生。一般學生及家長莫不敬佩，終生懷念。」余與張氏素不相識，更非同道。只前在濟南時，趙季勳請其吃飯，曾邀余作陪，為第一次見面。當時在諸城為第二次見面，竟對余如此稱譽，實出意外。

對於競選事，曾有人不擇手段，以許多方法，對余作不實之攻訐，甚且有擬以暴力相對者。張氏聞之，竟挺身而出，代為不平。揚言：「如有人對王先生有不禮貌之傷害行動，不論是名譽或身體，我必將代為加重報復。」余極力勸阻，乃止。事後獲知，當時韓復榘曾令民政廳長李樹椿轉令縣長，儘量使用各種方法，絕不得使余當選。當選舉投票前夕，有余學生十餘人，以王炳昌（夢周）為首，向余請示應付辦法。余即囑其轉請各代表（即選舉人）在縣城附近暫避，明天看情形再定辦法。迨開會投票時，出席代表不及四分之一，無法進行選舉。主持投票之縣長不得已，乃請王會敏（志聰，現在臺）與張則昔（希賢）二位區長（二人均余學生），徵詢余有何條件。余以參加國民黨革命以來，現在才算爭到選舉權。只希望在投票時將余之姓名寫在黑板上，由主持人當場宣布余有被選舉權即可，別無他求。於是投票，余被選為候補第一名。

迨抗戰軍興，國民代表大會一再延期舉行。直到勝利還都，始定於三十五年十一月在南京召開。

時山東代表劉楣蓀已經去世，應由余遞補出席。惟在班裏遞補登記時，缺乏證明文件。幸何冰如兄尚存有當年刊載被選人姓名之山東民國日報及華北新聞報，即由當時任選舉監督之張裏元據此兩報函轉國民代表大會秘書處，完成遞補手續，參加會議。

當時共匪猖獗，人民荼炭，華北尤烈，山東難民紛紛湧至南京下關。山東同鄉會向救濟總署洽得剩餘救濟物資，公推余前往下關俵散發放。晨出暮歸，幾無坐息時間。兼以情勢多變，魯局尤為危急。終日食無定時定所，憂心如焚，以致染患急性腸炎。經月餘之醫療調治，始得稍愈。國民代表大會既已定期召開，余已遞補代表，雖腸疾初愈，身體虛弱，但以大法攸關，只得力疾出席。

三十五年十一月十五日大會在南京開幕，代表總額為二〇五〇人，實際報到者一七〇一人，中共代表拒未出席。在憲法幾經討論通過之後，余提案建議政府：今大法既已制定完成，當依據國父當年致電黎元洪政府，以雲南起義之十二月二十五日為國定紀念日故事，應命定十二月二十五日為憲法實施日期。經大會一致通過。此即今日行憲紀念日之由來。

三十五年十二月二十五日制憲國民大會舉行閉幕典禮，由大會主席吳敬恒先生代表大會將中華民國憲法致送國民政府主席蔣中正。並由國民政府與三十六年元月一日將憲法明令公布，定於同年十二月二十五日施行。

### 25. 腸癌

三十六年夏間，中央為鼓舞士氣，籌組軍事慰勞團，余被分派於魯蘇皖組。腸胃病後，溽暑奔波，飲食失調。返京之後，即感腸胃不適，幾經檢查治療，最後於十月間，經中央醫院確定確係腸癌。親友聞訊，均極擔心，余則一切聽從醫生處理，接受剖腹割治。男兒金名，原在青島女子中學任教，經王仲裕等友人電知，即趕來南京，親侍照顧。

余置身於手術室中，毫無恐懼之感。彼時腹部開刀，只用半身麻醉，心神仍極清醒。雙目雖以紗布覆蓋，但所有動作聲音，清楚聽到。正在緊要關頭，護士不慎，手指觸及遮眼紗布，露出一條縫隙。余一眼瞧見大堆腸子，全部移出體外，倒是愕然一驚。遂急呼曰：「大夫啊！怎可把腸子統統拿了出來？」主治醫師曰：「不把腸子拿出來，怎知病在何處？現在已經找到，患處只有，不，指頭頂，不，豆粒大小而已。」護士慌張，連忙整理眼罩。醫師又說：「不必蓋紗布了，讓他看個痛快，王先生是經過大敵的，這點小小刀傷，他是不會在乎的。」割除之毒瘤形似鵝卵，堅如水泥。幸醫師醫術精良，治療適時，去此惡疾，得延餘生，亦云幸矣。

### 26. 再此流亡

三十八年初春，共匪叛亂日急，徐蚌會戰失利，人心惶恐，謠言四起。金名兒以余尚在調養期間，暫留南京，經劉志平王仲裕諸友介紹，在立法院謀一職位，以作枝棲。在余離開南京以後，彼亦返回青島，仍在女子中學任教。二女鍵因其夫張連均服務於農民銀行，該行派專機將其行員及眷屬撤至廣州，再轉重慶。幼女鉢亦隨其姐流落四川。初以為軍政機構將在四川重慶立足，總有團聚之日。孰料京滬先失，粵桂不保，繼而川陝雲貴亦為赤焰所淹沒，從此天各一方。

余隨同政府疏散杭州，轉趨衡陽，再移桂林。沿線兵馬塞途，災民盈野，商賈閉歇，交通失常。余素不治產，一肩清明，兩袖清風，猝遭變亂，輾轉遷徙，幾不能存活。

行抵桂林，定居之後，附近有一紙煙店，無意談話中，知為友人徐仲陽兄之學生王富嶺君。於是在其門外簷下匀出一席之地，擺設地攤，賈售由京帶出之故衣舊書，以維生計。並極力撙節，備作更艱苦時期之用費。

十閱月後，桂林果又告急。局勢之險惡，共匪之囂張，放眼河山，已無可退之地。遂與內人相依，經過不少人情通融，始購得飛機票兩張，同去香港，俾轉臺灣。抵港之日，正值農曆 9 月 9 日，可謂重陽登高，留一永久難忘之紀念日。抵港後，十二日即電在渝兩女來港，同去臺灣。覆電謂已安妥飛機票，十五日可以飛港，相會有期，詎意中央及中國兩航空公司同於十三日變節投共，希望成空，實是所料未及。後經不斷策劃，期能逃出魔掌，偕同來臺。終以消息隔絕，無法聯繫，乃決意去臺，不再等待。於是函請秦德純紹文兄及王叔銘弟代為辦理入臺手續。至四十年夏，乃偕內子來臺，定居臺北。

滯港期間，曾承劉安祺壽如兄派陳煥彩肅齊兄送款接濟，只因久候子女而用盡。斯時曾得識尼姑普持大師，係山東同鄉，在無聊歲月中，時有往還。四十年夏某日，無意中談及去臺旅費無著時，即慨贈港幣一百元。並說明兩張船票需費六十元，所餘四十元換成新臺幣，以備到臺下船後使用，自忖當可勉強維持。

不意伊甫由余住處離去，同鄉友人馬載文兄氣急敗壞而來。一進門就說：「完了！」細詢之下，方知伊夫人由大陸逃出，辦理偷渡，言明到王水車站繳付港幣一百元，即可來港。經多方拼湊，方得一百元。不料到達王水車站後，竟發現被人扒去，豈不一切完了！余當向他說：「救命要緊！」即將普持大師所贈之一百元路費，交與載文兄趕快去救人。

因為已定期去臺，曾約時去尹致中兄處辭行。致中兄為吾魯實業家，原在青島經營實業，抗戰時在渝設大川公司，退港後設大中公司，政府遷臺後，復在臺設大東公司。會晤後，說知載文兄事及余去臺之旅費情形。致中兄乃留余夫婦暫住，趁不在意時，由余外衣口袋中取去身份證，購得去臺房艙船票兩張相贈。第三天後送余等到碼頭上船，並告以已電臺北大東公司，屆時派人到基隆相接。船抵基隆時，大東公司經理等三人開車到碼頭相接。余族叔祖雲浦公亦到碼頭相候，當驅車先到臺北市基隆路伊處暫住。雲浦公原在國立山東大學

服務，經余邀任山東省參議會秘書，勝利後仍回到山東大學任職。來臺後，在基隆路開設饅頭鋪，生意尚不惡。茲已於六十三年八月作古矣。

### 27. 再次流亡中為同鄉服務

余抵桂林，甫經定居，桂林市山東同鄉會負責人邱為誼、徐連朋、王以吾、王富嶺、趙士奇、中國銀行徐主任暨尤經理等，堅請余為同鄉會名譽理事長。嗣同鄉會改組，更被推任理事長。時山東原避難江西屯墾之同鄉千餘人，湧到桂林，環請同鄉會協助解決食住問題。經余數次向桂林市政府洽商，幸蒙魏市長面允在桂林北火車站附近撥給一空地，並准自行上山砍伐竹木，搭建茅屋，以避風雨。

同鄉居住問題暫得解決，而年青力壯之同鄉百餘人，雖自願以勞力謀生，則以廣西省民排外性強，難以謀到工作機會。經余查得桂林北火車站有苦力工會組織，會長孫先生（忘其名）係山東人。乃往與面商，將百餘同鄉加入苦力工會，擔任運送車站客人行李至桂林市裏之工作，生活亦暫得維持。

旋又有山東流亡學生百餘人往貴州，路過廣西，亦向同鄉會要求濟助。經余四處奔波，奈同鄉在桂人數甚少，且乏富商巨賈，雖熱心捐助，而為數有限，杯水車薪，無濟於事。適山東胡琴名家王殿玉先生到桂林，乃面請為救濟桑梓青年義務公演兩場，得票款五百餘銀元，始解一時之急困。

復聞山東省政府遷往廣州，同鄉會為江西逃來難民及流亡學生，專函秦主席德純（紹文）請求救濟，詎意先後函請六次，均未獲答覆。余乃以同鄉會名義具函秦主席設法救濟流亡學生，並附有余之私函，方得秦主席匯撥銀元三百元。余收到後，即將原件交同鄉會領取，存備救濟學生之用。又流亡學生中有女生四人，雅不願其隨男生無目標的流亡，乃留在桂林，分別介紹到中央日報社及中華書局工作，以安其生活。旋以桂林告急，乃與王富嶺君全家飛往香港，義務服務工作告一段落。

### 28. 考試院考試委員

來臺後，受聘為行政院設計委員，嗣改組為總統府光復大陸設計研究院委員會專任委員。四十三年八月，蒙先總統蔣公提名，經監察院同意，特任為考試院第二屆考試委員，當即函知光復大陸設計研究委員會改為兼任委員。四十九年八月，考試委員任期屆滿，再蒙提名連任。至六十一年第四屆期滿，始因年邁退職。計任考試委員三屆，共十八年。

在此十八年中，對各種考試法規之修訂或改進，針對時弊，多所提供。

當第二屆任期屆滿時，蒙先總統召見，面詢六年任期中對考銓制度之建樹，及今後應興應革之意見甚詳。並承面諭：在考試制度中，必須切記建國大綱第十五條之規定，凡中央及地方公務人員，非經考試及格不得任用。聆訓之後，即本此目標，努力以赴。今日各級機關用人，已多為考試及格者。

在余任考試委員期間，考試院奉命舉辦公務人員儲備登記。每遇有關集會，余必大聲疾呼：凡我經辦人員，必須憶及八年抗戰之生死搏鬥，以及共匪叛亂，遍地烽火。凡隨政府播遷來臺者，其僅存之一條身體，已屬虎口餘生。對此忠貞之士，切勿斤斤計較原始證據之存失。如以今日之臺灣，比照昔日之大陸，不但不識時務，抑且違背事理。故在辦理登記期間，經辦人員殊少刁難者。

至於歷年來參與考試院各種考試，或為典試委員長，或為主試委員長，或為典試委員，計一百六十四次。茲將總統派為典試委員長及院長派為主試委員長者表列如下，以見一斑：〔表格略〕

三十年來，處此安定社會中，大家都豐衣足食，生活殊少變化，實乏善可陳。不過臺灣的氣候特殊，在生活上也偶有特殊的遭遇。民國五十年秋，波密拉颱風來襲，木柵河堤潰決，溝子口考試院附近積水，余住處水深及屋簷，衣物全部浸損。幸事先收聽廣播，託請劉振葉君臨時覓一旅館避難，未被淹溺。

當時適逢中秋節，院中各方均甚忙碌，又加水電兩缺，食用物品一時也難買到。值此飢餓關頭，丁三小姐（丁惟汾先生三女公子）及陶荊山夫婦，電話約到伊寓過節。余因種種情形，未能前往；遂又約定數人聚餐，以資紀念。中秋節中午，安邱友人孫展九君（其弟孫衍才係余之學生）到旅館邀余夫婦到真北平飯館過節。雖酒菜俱備，終有孤寂落寞之感。

事後回家看顧，水雖已盡退，但淤泥及膝，無法善後。經洽准院方，暫為租屋安身。數日奔走拜託，始在羅斯福路四段覓得一房，遂即遷入。此時身無長物，室內更是空蕩，只好就臥地板而眠。此種況味，至今猶覺悽楚。後由院方在考試院附近山坡建造宿舍，五十二年竣工，於五月三十一日遷居。適余主持中醫師考試，發榜後搬家。事雖瑣碎，亦屬生活中之一插曲。

## 29. 退職後生活

余於六十一年九月自考試院考試委員退職之後，承光復大陸設計委員會恢復為專任委員。緣光復大陸設計研究委員會係於四十三年春，應當時反攻

大陸情勢的需要而成立，直屬總統府。以全體國民大會代表為構成主體，聘為「兼任委員」，另將當時行政院之設計研究委員會全體委員轉任為「專任委員」。余任考試委員後，即函請該會改為兼任委員；茲已退職，故恢復為專任。復承考試院聘為顧問。閒居無俚，惟讀書自修，蒔花種樹以自娛。

余出身農家，賦性誠篤耿介，尤重正邪是非之辨。從黨從政，越六十餘年，只求無愧良心，名利在所不計。正義被誣，不能默而不言；邪惡當前，殊難視若無睹。故每遇集會，拂逆人意之處自多，秉性使然也。

自來對長對幼，均相見以誠。無心缺失，識者亦多諒解。蓋余處身亂世，飽經憂思，對青年學子關愛尤切，或有需求，常量力濟助。當抗戰期間，魯省青年之在後方深造，而為余所知者，必設法予以獎勉，俾能完成學業。

余夫婦生活素極節儉樸實，在臺期間，日積月累，蓄有新臺幣伍拾萬元。乃於六十五年捐作師範院校學生之獎學金，送請教育部代為經管處理。蓋余及兄弟子侄多出身師範，深知師範學生多身家清寒，刻苦自勵之輩，亟需各方之贊勉獎助也。

近年來復積有六十萬元，再於七十二年五月捐作獎助高級中等以上學校清寒績憂學生之用，仍送請教育部代為經營管理。此舉雖對余生活不無影響，衷心則頗為恬泰。

內子孫士益女士，出身書香之家，素嫻禮教。自十九歲來歸，持家儉約，教子有方，六十年來甘苦共嘗。余得專心服務黨國，尚能稍有貢獻者，亦有賴於其照料周至，無內頻之憂使然也，方期退職之後，倆老相依為命，共度餘年。詎料於六十二年元月二十日以高血壓不治，竟先我而去。自發病至辭世，余為料理醫藥，調配飲食，寸步未離病榻，聊盡關懷陪護之意。

疏意禍不單行，六十三年元月二日（舊曆六十二年十二月初十日）余七十九歲生日後第三天，即四日午後，腹部忽感脹悶不適，夜半並有嘔吐。從此日益加量，至九日進住空軍總醫院，由腸胃科主任馬秉綱醫師診療，腹中存水，抽出 2000 餘 CC，始感舒適。嗣經 X 光照像及胃視鏡檢查，胃下口與腸相接處狹窄，可能生長東西，阻塞通道，致食品及飲水均不能順利通過。幾經研究，只有手術割治，否則通道日漸阻塞，終將無法吸取食物營養及水分。諸親友以余年已八旬，手術是否安全，不無可慮。余則以不施手術，勢不能長期打點滴，必將乾餓，無法挽救。以是堅主以手術治療。乃商請該院院長張俊賢外科醫師親自主持該項手術，並決定二月十一日上午八時實施。經兩小時完成，一切順

利。割除之胃口，已不能容一小指。復經切片化驗，係良性物質，於是又過一關。只以年事已高，恢復遲緩，至五月六日始行出院。

去年（七十二）夏間，復時感不適，呼吸不暢，小便失禁，甚且不思飲食。以致日漸消瘦，體力益衰。於六月二十九再進駐空軍總醫院。經各位醫師之加意治療，護理人員之隨時照料，以及親友之時加存問慰勉，閱四月餘，於十一月十五日痊癒出院。可謂多災多難矣。

### 30. 感懷後記

余今年屆九十，除膝關節宿疾，行動困難外，飲食起居尚屬正常。雖子女遠離，隻身索處，難免孤寂；幸賴摯友至親隨時存問照顧，一切尚稱安適。考試院同事同鄉濟寧李玉鈴、益都劉振葉二君，無間風雨寒暑，每天必來照料。而李玉鈴（字秀鐸）君更用心最細，照顧最多；余之大小事務均由其處理，十數年如一日。憶昔大颱風之夜，溝子口一帶水深數尺，彼涉水攜饅頭及燭火而來，情摯意深。多次雖在病中，或腿骨摔傷，仍騎車過我。遇有公務在身，或私事待理，亦必先來余處，然後再去處理。余十數年來不離藥物，並時時去公保處看病，更有數次住醫院，均賴李君照料。而最感困難者，乃余行動不便，片刻不能離開傭人；而傭人之物色，前後新舊交替，均由李君不辭寒暑奔走。近來余視力衰退，閱報看信，雖用放大鏡亦模糊不清，且手指發抖，書寫困難，一切來往函件，又加重其辛勞。類此種種，雖余子女在側，亦未必能如此周到。此種高風隆誼，不惟余個人感激，並足以淑世。大德固不言謝，惟願余陷身大陸之子女，將來知所感焉！

回憶生平，自念於公於私，尚無所愧怍。但極平凡，乏善可陳。余學生趙國祥字子貞君，抗戰時在敵後工作，曾任臨朐及益都縣長。來臺後，在花蓮師專附屬小學任教。現已退休，即寄居花蓮市。年前來臺北相晤時，以為余過去服務黨國六十餘年，所經歷之事積，多有關史實。尤其關於山東在北伐前後期間之黨務，多親身主持領導，更多珍貴史料，現已乏人瞭解。亟應擇要憶述，以供治史者之參考採擇，而免湮沒。余深韙其言，謹就記憶所及，概述崖略。惟值衰年餘生，記憶銳減，掛漏必多，所幸此乃個人回憶，而非正史，聊存雪泥鴻爪而已。至於文字之工拙，則非所計矣。

中華民國七十三年記於臺北寓廬，時年九十。

# 附錄二　王家後裔近況

　　王家後裔人才輩出，在科技界已有三位院士：王恩多、王小雲、王堅，在當今時代商業大潮中，王家也是人才輩出，湧現出一批傑出的實業家，以諸城外貿董事長王金友為代表，精忠報國，敢為天下先，開拓出農業工業化的現代之路，王家這個實業家群為中國經濟的現代化轉折作出了重要貢獻。

## 王金友：精忠報國的實業家

　　王金友（1949～2018）出生於諸城市解留鎮小鳳凰村，相州王氏 17 世後裔。現任諸城外貿有限責任公司董事長、黨委書記。

　　王金友從小聰慧過人、才學超群。在經濟大潮中，他的才華與抱負在經濟領域得到了淋漓盡致地發揮、發展，他領導的諸城外貿隨著經濟大潮不斷發展、壯大，成就了一個大型企業，不但造福一方百姓，也使尋常百姓家的「雞」變成系列商品，暢銷海內外，諸城「雞」得以走向世界。毛主席曾說：「誰說雞毛不能飛上天？」王金友就是那個讓諸城雞毛飛上天的人。

　　王金友出身農民，與農民同呼吸共患難多年，這使他一生不改農民本色，始終將農民放在優先位置予以考慮，發展經濟。

　　「雞」是諸城老百姓最親密的動物，貧苦的年代只有過年過節能吃上雞改善生活，很多人家孩子上學要靠家裏老母雞下的蛋去買課本交學費……

　　由此，「雞」也成為了王金友發展經濟、改善民生的最可靠資源與出發點，圍繞著「雞」的規模化養殖、雞飼料加工、雞肉產品出口等社會化、產業化生產，他開動腦筋，大做文章，在他的努力經營下，諸城外貿有限責任公司由一個原來僅有 7 人、36 萬元資產的外貿接貨組，發展壯大成為擁有 40 多家

下屬企業、職工 2 萬多人的農業產業化國家重點龍頭企業，是全國最大的肉雞產品出口生產基地之一、全國最大的玉米澱粉生產加工基地和全球重要的飼料級天然色素出口生產基地，他帶領著百萬戶農民進入了國際市場的競爭，並取得了巨大成功……諸城的雞並沒有比其他地方的雞多長出兩個翅膀，更非稀缺資源，為什麼它比別的地方的雞更早地「飛」向世界？靠的正是王金友的才華與智慧，他開發的是「腦礦」，讓這普通百姓家最尋常的家禽變成致富寶庫。王金友是從赤貧的農民家走出來的窮苦人，伴隨著悲催的命運不但成就一番事業，還帶領無數百姓脫貧致富，為國家創造巨大財富，為國家經濟命脈注入活力……這是何等超人的才華與氣魄！

王金友坎坷波折的人生伴隨著國家的命運動盪起伏，從政治到經濟，無論多麼艱難困苦的情況下，他憂國憂民、報效國家的意識從未改變過，並一生矢志不移……

一個實業家一定是有思想的人，從他身上，你感受到的不是功成名就之後的得意與喜悅，而始終是謙和有禮。他是憂患意識深重的國家之子，有責任，有擔當……

他的智慧還體現在四兩撥千斤的巧妙博弈中，面對激烈的市場攻防，中國企業需要與國際接軌的應對策略，比如標準。為淨化國內市場，保護中國企業，同時防止禽類疫病的輸入，中國家禽行業謀求重新修訂有關標準以阻擋混亂的國外產品進入，徵求王金友的意見，他說：我只提兩條：第一，雞爪子上的黃皮一定要打乾淨；第二，最細微的雞毛也一定要清除乾淨。這兩條標準即加，致使美國的雞（肉產品）半年無法進入中國市場。因為中國都是人工打黃皮、除雞毛，所以特別乾淨，而美國因為人工貴，都採用機器打皮、打毛，就很難完全乾淨。這就是「一個標準勝過十萬精兵」的故事，這個案例多次被吳儀等中央領導引述。

朱鎔基任國務院副總理時到山東調研，王金友在彙報時直陳企業發展中的利弊得失，處處說到點子上，令朱總理大為欣賞，直呼「孺子可教也！」不但親自為他的企業批示貸款支持，還一路上把他和他的企業作為一個典範代表講給其他企業與各界領導聽……

身為百姓，王金友卻始終心繫國家命脈。時任國家副主席的習近平到他的企業考察時，他專門寫了關於發展節糧型畜牧業的報告交給習主席，引起了習主席的重視，並轉交國務院進行專題論證。

　　王金友經營的企業如此成功，他完全可以逍遙地享受娛樂，可他忍受著多年辛勞積下的病疼的折磨，依然時刻牽掛著行業發展與百姓命運，由諸城的雞關注全中國的雞；由諸城的企業關注著全中國的企業。前幾年報出了「禽流感」，這不但給千萬養雞百姓帶來損失，也使整個家禽養殖行業遭受重創。為此，王金友出面聯合了眾多家禽企業聯名上書，明確指出：為什麼我們養雞、宰雞、天天與雞打交道的人沒有發生「禽流感」的，出生才幾個月、從沒見過雞的孩子反倒發生了「禽流感」？雞不會說話、不能鳴冤叫屈，可是我們人必須要講科學！人得了流感不叫「人流感」，雞得了流感就叫「禽流感」？這種不負責任的叫法會毀掉我們這個有著 4000 萬從業人員的行業！報告被轉交給中央領導後，在國務院專門會議上，終於通過了把所謂的「禽流感」改成中性的「H7N9 流感」的決定。

　　他們的呼籲甚至得到了世界衛生組織的認可與贊同，促成世界衛生組織發布了關於新的人類傳染病命名的最佳辦法。2015 年 5 月 8 日，世界衛生組織呼籲科學家、國家當局和媒體遵循命名新的人類感染性疾病的最佳辦法，以減少對國家、經濟以及人們不必要的負面影響。「近年來，一些新的人類傳染病出現，使用名字如「豬流感」和「中東呼吸綜合癥」對某些社區或經濟部門產生了意想不到的負面影響。」世界衛生組織安全衛生安全助理總幹事福田敬二博士說。「對有些人來說這似乎是一些瑣碎的問題，但疾病名稱對直接受人群影響的人們來說很重要。我們已經看到某些疾病名稱挑起了對特定宗教、民族社區的對抗，對旅遊、經濟和商貿製造了不合理的障礙，並引發了對食用動物不必要的屠宰，這對人們的生活和生計造成了嚴重的後果。」

　　對於萬千百姓，對於國家民族，王金友有著強烈的責任感與使命感，任何時代都有擔當，有勇氣，以百姓之心操全國百姓之心，是進亦憂，退亦憂，從不因個人的恩怨得失而放棄自己的責任與擔當。作為行業的領袖，他不只侷限於諸城外貿一家企業的發展，同時也為全國的家禽業操心費力。

　　也難怪當時的吳儀總理要親自接見他，與他商討國際市場事宜：因為你是代表整個行業來探討問題……

　　作為人大代表，他在赴京開會時還特別被請到中央電視臺，能到央視露臉正是許多人難得的推廣自己與企業的機會，可他非但沒「珍惜」這個好機會，反而與電視臺切磋起了企業報導問題：你們揭露企業的黑幕我不反對，但在沒搞清實情之前不能亂報，一些老牌企業被一些冒牌企業影響聲譽，一

定要分開報導，不能混在一起把這些老牌企業搞垮，否則國家經濟怎麼辦？老百姓怎麼辦？

王金友始終是站在行業甚至國家的高度思考問題的，是自覺把個人命運與國家民族命運融為一體的，這正是王家家國同構的家風的遺傳，在新的時代，轉換到經濟領域，這種家傳意識依然如此強烈……

山東共產黨創始人之一，王盡美、鄧恩鳴的老師王翔千以擅長做烤雞出名，還撰寫過菜譜，他本人還以烤雞為掩護從事革命工作，也以烤雞招待他的革命戰友。臺灣姜貴（王意堅）《旋風》小說以王翔千為原型的中共黨之父「方祥千」，擅長美食「烤雞」，是他招待革命同志王盡美、王培蘭等，是聯絡革命感情的佳餚美味。現在王金友董事長已經把雞肉產品的下腳料「烤雞架」變成著名的諸城美食，成為諸城一帶從高級賓館到普通百姓招待客人的必備美食，還受到吳儀等中央領導的喜愛，並戲稱為「放下（官）架子，端起（雞）架子）」。

王家的家風家傳，隨著時代的變化發展，也不斷處於變化與發展中，並在不同時代展現不同的特色風貌。值得指出的是王金友並沒有得到上大學接受高等教育的機會，所以，他的才華學識更多地是扎根於諸城這塊文化土壤裏的，也可以說，是深厚的諸城文化意識氛圍給予、成就他的非凡的才華與智慧，得以馳騁於世界市場並發揚光大。

「小鳳凰」這個曾經貧窮偏僻的小山村名字聽起來頗像諷刺，然而，當王金友董事長，帶領萬千「雞」大軍在國際市場上縱橫捭闔時，這個名字倒真是名副其實了，充滿隱喻象徵意味。

王金友領導的諸城外貿率先在全國走出了貿工農一體化的農業產業化經營之路，當時即得到中央的肯定，並在全國推廣，為中國以農民為主體的致富奔小康開拓出一條新路子。

這是他對中國以農民為主體的現代工業化最切實可行的發展之路，是個了不起的貢獻。

前面論證過王家是典型的家國同構，這點在王金友董事長身上再次得到充分體現，並隨著時代的變化與發展，呈現出新的時代特質，他個人的命運與國家民族的命運融為一體，他本人即承載著一頁鮮活的中國當代史。

在經濟改革大潮中，王金友主導的諸城外貿集團、王偉創立的銀豐集團、王桂波創立的新郎希努爾集團、王金玉創立的北汽福田集團，這些諸城王家

後裔們都幾乎是從無到有，白手起家地創立、發展起這些大型企業，依然走在時代前列，是時代的弄潮兒，與當初王樂平、王翔千、王盡美積極探索救國救民之路，王統照等探討文學之路走在時代前列一樣，在商品經濟時代，王家後裔們依然勇於探索、開拓，以非凡的智慧、才華與膽識引領時代潮流，王家一代又一代在各領域與時俱進地為促進社會發展做出卓越的貢獻。王家的這個實業家群為中國經濟從農業向工業化的過渡轉型作出了可貴的探索，具有重要歷史意義，應該成為經濟研究的重要課題。

隨著時代的發展，王家人才不再侷限於某一領域，而是在各領域全面發展，既有實業家，又有將軍、院士、教授、工藝美術大師等，古時候是進士、秀才多的數不過來，現在是博士、碩士數不過來。限於篇幅，這裡只列舉其中傑出的幾位。

王金相（1947～）男，出生於諸城普通農民家庭，相州王17世。諸城不僅是著名的文鄉，也是將星閃耀之地，尤其是當今時代，在空軍，在海峽兩岸湧現出三位著名空軍將軍，他們分別是曾擔任臺灣空軍總司令的王叔銘、臺灣空軍上將夏瀛洲、濟南軍區空軍政委王金相。王金相，1968年2月參加中國人民解放軍，歷任戰士、班長、排長、連長、營長、團長，師副政委，第二十六集團軍師代政委，陸軍第五十四集團軍副政治委員，濟南軍區政治部副主任，第二十六集團軍政治委員。曾率部參加長江抗洪搶險，親臨一線，身先士卒，經受了生死考驗，2004年7月任蘭州軍區副政治委員兼蘭州軍區空軍政治委員，2005年7月晉升為空軍中將軍銜。2007年6月任濟南軍區空軍政治委員。2010年12月屆齡退役。成為共和國的一名將軍。中共第十七次全國代表大會代表，第十屆全國人民代表大會代表。

王金堂：（1958～）相州王氏17世，曾任諸城市財政局局長，為改革開放之初的諸城工商業發展做出過傑出貢獻。

王恩多，女，（1944～）相州王氏17世，農工民主黨重要創立者王深林（甡琳）之女，中國科學院上海生命科學研究院生物化學與細胞生物學研究所研究員、博士生導師、研究組長。主要進行生物化學與分子生物學研究，長期從事「酶與核酸的相互作用」的研究。在蛋白質生物合成中關鍵的氨基醯-tRNA合成酶與tRNA相互作用的研究中為我國在取得國際地位做出了突出貢獻，2005年當選為中國科學院院士。第三世界科學院院士。曾為第十、十一屆全國人大代表與全國婦聯執行委員，現為上海市人民政府參事。

　　王恩多院士與清華大學數碼專家王小雲院士、阿里巴巴的王監院士是王家傑出的科學家群體。

　　王洪君，女，（1951～）出生於上海，山東共產之父王翔千外孫女，文革王力與王平權女兒，1979 年考入北京大學中文系，美國哈佛燕京學社訪問學者。現任北京大學中文系教授，語言學及應用語言學博士生導師，語言學教研室主任；北京大學漢語語言學研究中心副主任、漢語方言和比較語言學研究室主任、《語言學論叢》編輯部主任。王洪君與先生王福堂都是北京大學語言學教授，是文革王力的女兒成為北大語言學家王力的學生，是當代著名語言學家。

　　王小瑩，女，（1958～）出生於北京。王願堅小女兒，相州王氏 17 世。1982 年 1 月畢業於上海同濟大學，歷任建設部《城鄉建設》《建築》雜誌副主編、主編；中國建築業協會會刊《中國建築業》總編輯；《中國建築業年鑑》（正式刊物）執行總編輯；《中國建築金屬結構》雜誌社社長、總編。周海濤（王小瑩愛人）1954 年 11 月生於哈爾濱。1982 年 8 月畢業於上海同濟大學，歷任華杰工程諮詢有限公司總經理、董事長；交通部公路規劃設計院院長；交通部總工程師。

　　王偉（又名王京鉥、王維），男，（1945～）出生於諸城，相州王 17 世；王甡琯（笑房）之子，王深林（甡琳）的侄子；國家行政學院教授、博士生導師。多次主持國務院領導同志提出或交辦的課題；主持撰寫的約 20 份決策諮詢報告得到黨中央和國務院領導同志的批示。參與過中央和國務院若干文件的討論、起草和修訂工作。多次應邀在中央政治局常委同志主持的座談會上發言。曾擔任中央治理商業賄賂領導小組諮詢專家，全國職工職業道德建設指導協調小組成員，及中國婚姻家庭研究會副會長、中國倫理學會副會長、中國行政倫理研究會會長、北京倫理學會會長等職。

　　王明華，男，（1941～）王盡美的孫子、現任浙江大學信息科學與工程學院博士生導師的教授，曾在諸城跟隨曾祖母生活過 9 年。1950 年，王明華隨母親南下，與在義烏工作的父親王杰團聚。王盡美烈士有兩個兒子，長子王乃徵和次子王杰。王乃徵有兩兒一女，都曾在部隊服役，現都轉業到了地方。長子王明華是浙江大學教授；次子王立華，原是上海市交通技術公司辦公室副主任，現在日本求學；長女王建華，在上海鐵路局上海站工作；次女王愛華，是解放軍第二軍醫大學長征醫院主管技師。

　　王瑞明，男（1962～）男，出生於諸城，相州王 18 世，齊魯工業大學教授，博士研究生導師，食品工程學院院長，山東省發酵工程特色重點學科帶頭人，山東省微生物工程重點實驗室主任；兼任：中國微生物學會理事；中國發酵工業協會專家委員會委員。MOST-USDA（中美）食品發酵高層交流專家組成員。近幾年來，獲國家科技進步獎 1 項，省科技進步獎 4 項，獲授權發明專利 10 項，承擔國家自然科學基金課題 3 項，國家「863」計劃 1 項；獲山東省有突出貢獻的中青年專家和享受國務院政府特貼專家稱號。為國家食品發酵行業技術進步做出了突出貢獻。

　　王樹進，（1958～），諸城人，相州王 19 世，著名工藝美術大師，1990 年在香山舉辦個人根雕藝術展，一鳴驚人轟動全國；2003 年出版中國《中國枯木藝術》一書，備受社會關注。圈兒內人送雅號「樹根兒」，與此同時，王樹進對書法這一傳統的文化傳承也是有自己獨到見解，他書寫的「十二生肖」熔書法、繪畫、根藝三位一體，創新有度，耐人尋味。王樹進還善於治園，對園林設計，園藝之事無所不通，先後被評為全國青年綠化突擊手，首都綠化美化積極分子，全軍綠化模範。多次在北京，山東舉辦個人書畫藝術展，書法作品「十二生肖」禮盒當作國禮贈送給泰國公主，作品被球王貝利等世界文化名人收藏。

　　王斌（1968.8～）文物收藏家，相州王 18 世，安丘由方村出生。安丘一中上高中，1990 年山東銀行學校畢業後入安丘農業銀行至今。業餘時間喜收藏，從 1993 年起凡 30 年不輟，收藏青銅器 10 件，紫砂壺 100 件，印章 1000 枚，古籍 10688 卷，泥活字 20000 枚，古錢幣 10 萬個。皆老。2015 年經山東省文物局批准，成立「安丘世德古籍博物館」。安丘市政府給地 12 畝建館貯書。

　　王紀亮（1955.6～）曾任諸城市政協主席，黨組書記。

# 主要參考文獻

1. 王德威，《歷史與怪獸：歷史‧暴力‧敘事》，臺北：麥田出版，2004。

2. 王統照，《王統照全集》（七卷本），中國工人出版社，2009 年 4 月版。

3. 臧克家，《臧克家回憶錄》，中國工人出版社，2004 年 1 月版。

4. 《諸城文史集粹》，諸城市政協學宣文史委員會編，2001 年 1 月印刷。

5. 《臧可家與諸城》，中國文史出版社，政協諸城市委員會編，2006.8 版。

6. 《中共諸城黨史人物傳》第一卷，中共諸城市委黨史研究室著，2002 年 11 月，齊魯書社。

7. 《中共山東八十年簡史》，中共山東省委黨史研究室著，2001 年，中共黨史出版社。

8. 夏志清，《新文學的傳統》，新星出版社，2005 年 5 月版。

9. 姜貴，《姜貴自選集》：臺北黎明文化事業有限公司。

10. 應鳳凰，《當代作家研究資料彙編》之二《姜貴傳》。

11. 錢杭，《血緣與地緣之間——中國歷史上的聯宗與聯宗組織》，上海社會科學院出版社，2001 年 12 月。

12. 楊國強，《晚清的士人與世相》，生活‧讀書‧新知三聯書店，2008.4。

13. 佐藤慎一（日）著，劉岳兵譯，《近代中國的知識分子與文明》，江蘇鳳凰出版傳媒集團，人民出版社，2008.4 月。

14. 王德威：《小說、清黨、大革命：茅盾、姜貴、安德烈‧馬羅》。

15. （Fiction and politics, Mao Dun, Jiang Gui, and Andre Malraux），中外文學（Zhongwai literary monthly），20，1992 年 12 月，4～24 頁。

16. 王德威：現代文學史理論的文史之爭：以現代中國政治小說為例。

17. （The dynamics of contemporary theories on literary history: the case of modern Chinese political fiction），中外文學（Zhongwai literary monthly），14，1986 年 12 月，156～183 頁。

18. 夏志清《姜貴的〈重陽〉代序——兼論中國近代小說之傳統》，姜貴小說《重陽》序。

# 後記：問觀音為何倒坐
# 歎眾生不肯回頭

　　長達數十年的資料調查與文章寫作，現在終於暫時擱筆了，擱筆的瞬間我彷彿感覺到了李叔同大師「悲欣交集」的情愫，只是他出家後沉醉其中仙逝，而我卻感覺更愛我的家人、族人……

　　作為研究者，所有的資料走訪查找我都是親歷親為，第一手資料是我最重視的，原始資料的分析與鑒別、與當事人的談話與交流等也都是我看重並慎重對待的，這無形中加大了我的工作量，但作為嚴謹的文學與歷史考證的研究，卻是很有必要的，我很欣慰基本達到要求了。我把個人因天時地利查到的珍貴資料都附在後面，以方便後來者，因為我相信這個課題研究只是開始，而不是結束……

　　在我少不更事的年代，我們不斷讀到聽到國民黨殺人放火的故事，總莫名地把「國民黨」三個字想像成某種青面獠牙的怪獸名稱，等我長大，終於明瞭原來他們是我們的骨肉同胞，家人親人，還極富文化底蘊時，那一刻，我潸然淚下……

　　後來，赴臺灣訪學，他們陪我去參觀了立法院、考試院，已經仙逝的臺灣家人曾經辦公的地方，睹物思人，淚水再也無法克制，以至參觀無法進行下去……

　　海峽深，海峽長，奔騰的海峽水是兩岸同胞的血淚在流淌……

　　感謝一直以來給予我巨大幫助與支持的老師和朋友……哈佛的王德威教授在課題寫作之初，曾提出許多寶貴的指導意見，並給予珍貴的海外資料。劉登翰老師也曾給予一些頗有見地的指導與幫助。《台港文學選刊》同仁們，尤其是楊際蘭主編、宋瑜主編、馬洪濤諸君在資料上一直大力協助，並一同去臺灣走訪、查找資料，個中情誼，感謝已不足道矣！

著名詩人瘂弦、鄭愁予、司馬中原、席慕蓉、管管等先生真誠的鼓勵與幫助也令我感激感動！

臺灣的應鳳凰教授、《文訊》主編封德屏女士、黃美娥教授、洪淑苓教授都曾在臺灣資料的搜集方面給予支持幫助，龔鵬程教授也曾盡力幫忙，願在此一併致謝！

此書的出版曾遭遇種種波折坎坷，一言難盡，感謝花木蘭文化事業有限公司，感謝楊嘉樂總編的辛苦督導，最終玉成此書的出版面世。

也感謝清華大學的王中忱教授、北京大學張頤武教授給予的支持與評價。感謝吳義勤教授、周怡教授、張清華教授，感謝在我遭遇侵權訴訟艱難時刻給予我關心支持的老師、朋友們！是你們讓我感受到邪惡的背後，還有善良和正直，還有值得我們努力奮鬥下去的東西！

當然，也感謝這兩個課題，讓我深刻地體會、認識了五味雜陳的社會、人生。

也感謝諸城的朋友與文史資料的同仁們，諸城不愧是「文鄉」，諸城有眾多專業的與業餘的文史愛好者，致力於諸城文史研究，他們一以貫之的扎實的史料搜集和出版成為我研究借鑒的史料基礎，諸城市文化局、檔案局、文史委、《超然台》雜誌社兩任總編、諸位工作人員都曾幫助提供資料，他們的慷慨相助也使得我擁有充分的資料儲備。

我的先輩，政治上一家三黨，文學上一家三派，他們與國家同命運，與民族共患難，為了挽救垂危的民族，他們曾經浴血奮戰，把生命與才華都奮鬥、奉獻給了他們摯愛的祖國大地……沙場征戰急，寂寞身後名……他們儘管都已離開人世，但我覺得他們一直在天上看著我……依然給我勇氣和力量……

我常常覺得上帝對我最大的恩賜就是讓我誕生在一個如此厚愛我的家庭裡。我出生時已經有了五個哥哥，爺爺奶奶、父母家人又是那麼善良忠厚，長姐也像媽媽一樣，給了我無窮無盡的關愛。也感謝我的愛人 Allen，讓我一直生活在愛裡……如果沒有家人親人的支持與鼓勵，我想我是無力完成這個課題的。這個課題得以完成，首先感謝我的大哥王瑞江，他在諸城市委任職三十多年，對諸城各方面情況較為熟悉瞭解，我每次回諸城查找史料都是他親自陪著我去各部門走訪調研，或者幫著聯繫文史資料相關人員，有他的陪同協調，我得以順利查到相當多的第一手史料。也感謝王瑞明哥哥，他儘管是理科教授，卻從小給我很多的關懷指導，總給我買來各種文學書籍讀物，給我提供各

種求學機會。哥哥們是我成長路上最貼心的導師，當我獲得博士學位，哥哥們親到濟南設宴慶賀。父親早逝，我是在哥哥們的關懷照顧之下長大的，長兄如父，無論我遇到什麼難題問題，哥哥們都會全力以赴、傾情相伴……

感恩我的愛人 Allen · Y 楊國鈞，給我愛情和幸福。從他身上我切實感受到美國教育的精華：愛與尊重。他淵博的學識，開闊了我的視野和知識面……尤其是美國疫情肆虐的日子裡，他心思縝密的陪伴與呵護，使我們安然度過，還享受到度假般的詩意棲居……

更要感恩我的家人、族人。我最感欣慰的是，在這個課題中，無論臺灣還是內地，三派的家族後人空前地團結一致，給我充分的資料支持和親情信任，可以說，大家族的支持是我完成這個課題的最根本的前提。

王統照的小兒子王立誠老先生，已是八十多歲高齡，老人家孩子氣，平時脾氣還挺大，他家叔叔說我面子大，對我特和藹。我每次去他家，他都拄著拐杖站在門口迎接我，在一個極其寒冷的日子裡，他執意在寒風中親自送我到出租車上，無論我怎麼勸阻也不行，偏偏那天天氣太冷，走了很遠才找到出租車，他已經無力走回去了，只好用出租車把他送回去。他與奶奶每次都噓寒問暖，還以我這個博士孫女自豪，親自整理也幫著我聯繫查找資料，多次與我書信電話交流……遺憾地是，沒等到我完成課題，他老人家已經離開了人世……還有相州街上的父老鄉親，都熱情幫我聯繫當事人，提供核實歷史資料，一些熱情相助的老人如王瑞鏞、王桂錫、鄭伯祥等都是我多次採訪交談過的，他們卻沒等到我的課題完成，一個一個離開了人世……願借此文永遠懷念這些歷史老人……

王願堅夫人翁亞尼奶奶、女兒王小冬、王小京、王小瑩，王力女兒王海君、王洪君，王立哉的女兒王鉢等諸位姑姑；王翔千孫子王肖辛，王樂平二兒子兒媳王鈞吾、臧任堪夫婦與孫女王洽，國家行政學院教授王偉，臺灣姜貴之子王為鏞、臺灣的居易堂王兆斌之子王志剛等諸位伯父、叔叔等都曾在資料上慷慨支持，並幫我多方搜集，生活上也給我諸多關心、愛護，親人親情都凝結在這個課題裡，分裂在兩岸百年之久的家族家人也終於重新走到一起了，這是我由衷欣慰的……

安息吧，我的先輩，前行吧，我的家人……

王家注定與史同在！

「我和你」永遠在一起！